黄河好人

水孩儿 著

作家出版社
全国百佳出版社

三十载斗转星移，一部望远镜、一艘小皮艇、五公里长的黄河堤坝，这位忠义农民不言不语，执着坚守，用行动感染、影响了身边的每一个人。

目录

第一章　走近王三

第一节　初见王三

时间：2019 年 9 月。

从南海村出发，向南几百米，就是黄河大坝。从黄河大坝再向西行十公里就是黄河大桥了。王三和他的救援队队员们就守在那里。

约了辆出租车，司机听说我要去黄河大桥，兴奋地和我谈起了王三和他的水上救援队：“提起王三，包头人都知道，听说，三十多年来，王三在黄河边已经救了二三百人。王三鱼馆也很有名，每到春天，来鱼馆吃开河鱼的游客络绎不绝。”

车从 338 公里处上了黄河大坝，向西行驶，司机见我贪恋着大坝两边的景色，便放缓了速度，将车开得很慢。

深秋的黄河畔美到极致，放眼望去，黄白色的苇草，猩红色的植被，大片的向日葵和玉米地，还有焦黑色的犹如被烈火烧过的枯树，将秋天装点得神秘而妖娆。

想起我从市区搬到黄河畔一晃近十年了，十年来这里的景致我却一直看不够。

司机见我不时地将车窗摇下来拿手机拍照，便更加放慢了车速，他惊奇那一潭潭水湾里，哪来的那么多野鸭和白鹤？他说自己开出租车十几年了，还是第一次走黄河大坝。

我告诉他，我居住的地方，也就是338公里处，被称为葵花地，每年春天，天鹅都会落脚在那里。

“天鹅是最早闻到春天的气息的，每年正月，冰还没化，天鹅就来了，之前是几十只，这两年是成百上千只，这说明黄河湿地的生态环境越来越好了！”

司机听着我说话，也被这两侧的美景陶醉了，他感慨道：“活在市区的人哪有机会欣赏这自然的美景，人们每天都在忙着挣钱，工作、生活压力大，都忘了扭头看一看身边的景色。”

说话间，车已经到了大坝的尽头，司机往左一打方向盘，下了大坝，将车停在了黄河大桥底下。

眼前的黄河不见了五彩斑斓的植被，只听见黄河水拍打着堤岸的声响。

坝下，是一间四面有窗的彩钢房，一面高高升起的五星红旗在一架浮桥的尽头迎风飘扬。

码头上，有人在晒网，新旧两座大桥之间，有三两间屋子。屋前的几个简易桌椅旁，三三两两地聚集了一些人。

这时候一个个头不高，但非常敦实的，身上穿着带有救援标志外套的中年男子迎了上来，不用问，他就是我要见的王三了。

王三见了我，指着岸边聚集的人群，用当地话说着："你是水孩儿吧？快，走，先去看看，这儿有个女人要跳河。"

我一听有人要跳河，赶忙答应着，跟着王三来到了黄河边。

扒开人群，我看到一个穿着时髦，烫着一头棕色卷发，手中拄着一根拐杖，长相姣好的妇女坐在黄河边。

她应该有六十来岁的样子，但打扮得比实际年龄要小得多，尤其她那十个粉色的闪着亮光的指甲，长长的，一看就是刚做了没几天的假指甲。这样一个女人，看样子应该是衣食不愁，可是，她为什么要跳河呢？

人们都在一旁劝说她，但任凭人们怎么劝说，这个女人始终一言不发，她怔怔地望着脚下的河水，目光呆滞，眼睛眨也不眨一下，在想着心事。

"一大早就来了，坐出租车来的，我一看就不对劲儿，离老远我就赶紧跑过来，让我媳妇看着她，不能让她跳。"王三对我说。

"看样子生活条件不赖，不像是活不下去的样子，有什么想不开的？估计是和儿女吵架了。"王三爱人王春霞接过王三的话，像是对我，又像是对这个女人说，"儿女嘛，谁让是你生的呢，吵完过去就没事了，快不要想不开了。"

女人在岸边已经坐了三个多小时了，天渐晌午，有人提出报警。

"不要报警！"王三反对，"她又没跳下去，报警干吗？一旦报了警，让人知道她来跳河多不好，劝劝她，将她劝回去就行了，要不就带她去饭馆吃点饭，这一上午，冷的，肯定也饿了。"

听王三这么说，我看到女人的眼角淌出了眼泪，我蹲下来，抚摸着她的背，开始自说自话地和她聊起天来。

终于，女人在我的开导和搀扶下，离开黄河岸，坐到了路边的石头上。她掏出手机，给老伴打了个电话。

电话那头没人接。女人忽然赶我走，她执意要自己在这里静一静。

见状，我随着人群散去，和王三来到了十几米远的救援站，坐下来开始聊天。

我问王三："深秋天凉了，怎么黄河大桥下会有这么多人呢？"

"三拨。"王三伸出仨手指头，说，"平时没有这么多人，这不是前几天有个老太太跳河了，被我们救起来了，她家人来看我们。"

"还有那几个。"王三指了指不远处的几个人，"他家老爷子前些天也是跳了河了，今天都十一天了，也没找到尸体，我们帮他们打捞尸体呢。还有就是刚刚那个老婆儿，一大早打出租车来的，看那样就是要跳河呀。还有，那几个是我们救援队的队员，那几个是我的家人……"

听着王三的话，我愕然了。这里的黄河和我眼里的那个黄河是一条河吗？

我重新打量着眼前这条黄河，两座大桥架于黄河之上，滚滚的黄河水从桥下穿过，王三的救援队就驻扎在两座大桥之间。岸边的彩钢房里，除了两张简易床，还有监控设备，屏幕上是从各个角度观察到的黄河大桥。

"跳了！那女人要跳了！"不远处有人在喊。王三听闻，顾不上和我说话，赶紧冲了过去。

刚刚坐在石头上要静一静的那个女人，最终又起身向黄河边走去。幸亏她腿脚不便，拄着拐杖走不快，岸边又有那么多人，当她步履蹒跚地走到黄河边，要向前迈步时，几个人一把将她拉了回来。女人跌坐在地上放声痛哭。

其实，我和王三聊天的时候，警察也来巡逻过，但王三没有选择报警。现在，当这个女人被确定是来跳河的时候，王三还是没有选择报警。“没事就好，尊重人的隐私，如果是跳下去了，那肯定要报警，如果是和家人赌气，来黄河边散散心，把她劝回去就好了。”

一个小时后，女人的老伴打车过来了，老头的双手上沾着白面，站在女人的面前不知所措：“不是说了，中午给你包包子吃吗？怎么我出去买个菜的工夫你就出来了，而且还跳河来了？”

女人不吭声，头歪向一边，气呼呼的样子。

老头边给女人赔不是，边向众人解释说前几天老伴检查身体，腿脚有些不利索了，便拄上了拐杖。老伴平时爱美，一时有些接受不了，昨晚两人拌了几句嘴，早上，他已经安慰她了，让她在家里等着，他去买菜中午给她包包子吃，买菜回来不见她，以为她出去散心了呢，谁知道，接到电话，竟然是来跳河了……

大家帮老头将女人送上出租车，老头从兜里掏出几百块钱来表示感谢，王三救援队的队员急了，摆手说：“你这是干啥，快回家好好安慰安慰你老伴吧，看好她，别让她做傻事了！我们救人从来不收钱，你记着，他叫王三！好人王三！”

出租车司机载着这对夫妻离开了，寻找父亲尸体的那几个年轻人感叹道："没想到，我们今天还做了好事，救了个人……"

几个年轻人讲，父亲前两年患了癌症，本来一直积极配合治疗，但今年病情加重，老人一是疼痛难忍，再也是为儿女们考虑，不想给儿女们增加负担，所以，偷偷从医院跑出来，打车来到黄河大桥，十一天前，从这里跳了下去。

那天，王三是六点四十分回家吃饭的。监控显示，老人家是七点钟跳的河。恰恰错过了那么十几分钟，王三叹口气，感觉惋惜。不过，这样的事情见得多了，王三也能够理解："外国不是实行安乐死吗？老人癌症晚期，不愿受罪，选择自杀，也可以理解。"他劝老人的几个儿女不要太伤心了。

十一天了，王三的救援队员们开着快艇在黄河上四处巡逻，发现漂浮物便去打捞，一路打捞到了托县。

那个来感谢的人带了钱，王三没收，他坚持义务救人，救人不要钱，从 1997 年他第一次从黄河里救人，二十多年来，他已经救了三百多人。

王三的成长经历

黄河经过包头境内，形成了"几"字弯，像母亲的手臂将河畔的几个村庄都揽入了怀里。王三就出生在黄河北岸，大桥旁边的画匠营子村。

王三本名王金清，他们兄妹七个，上面有两个哥哥、两个姐姐，下面有一个弟弟、一个妹妹。因为在男孩中排行老三，所以人们习惯称呼他为王三。

看王三的简介，他是 1973 年出生，但他告诉我说，他是 1971 年出生，具体是哪一年出生，庄户人家不太在意。

小时候穷。父亲给生产队里拉大粪，每天天不亮就起来，从带着冰碴的大缸里捞两个酸菜帮子，放在嘴里嚼巴嚼巴，那就是一天的干粮。母亲则去黄河畔挖野菜，回来给几个孩子熬汤喝。

夏天还好说，黄河边的孩子都是光屁股长大，没有衣服穿也能活。可是到了冬天，零下二三十度的气温，往死里冷。为了取暖，母亲便去黄河畔的地里捡辣椒，捡回来些枯烂的辣椒砸碎了熬一锅辣椒汤，孩子们喝了就不觉得冷了。

在王三的记忆里，他长到十几岁，都没穿过鞋子。夏天，在黄河畔割草，满脚扎的都是蒺藜；冬天，他光着脚在黄河里滑冰，脚上也没生过冻疮。

守着黄河，村里人几乎人人都学会了游泳。让王三觉得新奇的是，村里有位老人，躺在黄河里竟然能睡着，还有一些人实在饿得不行了，就趁着黑夜悄悄游到黄河对面的达拉特旗，去地里偷些豆荚回来。背着满满一袋子豆荚，人们也能轻而易举地游回来。

王三从四五岁起便跑到黄河畔耍水，虽然他不懂什么蛙泳、仰泳、自由泳，但是，只要他一个猛子扎进去，他便变成了黄河里的一条鱼，在水中自由游弋。

黄河养育了画匠营子村的乡亲们，给了他们朴实善良的性格。村子里的人虽然穷苦，但几乎人人都有过救人的经历。

王三清楚地记得，有一年，临近春节的一个早晨，母亲从黄河边带回来一个衣衫褴褛、蓬头垢面的女人："她在黄河边溜达好几天了，太穷了，穷得要跳河。"

同样为衣食愁眉不展的母亲为女人换了衣服，并做了一碗拌汤，劝说女人活了下来。

但母亲在生活面前却一次次选择上吊自杀。

生活到底有多难？王三不知道。

在王三十三岁那年，母亲喝了药，等父亲找来三轮车，把母亲送到医院时，母亲已经咽了气。

没有母亲的庇护，生活越发难了。刚上初一的王三辍了学，十七岁那年，父亲干脆将他和大姐的户口迁到了石拐，让姐弟俩下了煤窑。

大姐留在了石拐，王三选择了回来，可是，户口迁出了，画匠营子村分地没了王三的份儿，王三只好在黄河边以打鱼卖鱼为生。

二十几岁时，王三给一家饭馆送煤，饭馆老板见王三朴实、可靠，便将自己在饭馆打工的外甥女王春霞许给了王三。

王三和王春霞结婚后，生下了一个女儿，后来，两个人又有了一个儿子。他们在黄河大桥底下开了一家饭馆，名叫王三鱼馆。

鱼馆主要由王春霞经营，王三的姐妹们也都在鱼馆帮忙，而王三，则每天在大桥下巡逻，他的任务是救人。

听王三讲，他第一次救人应该是十二三岁时候的事了。

那时候画匠营子村口有个水疙洞，一天午后，王三来水疙洞玩水，见三个七八岁的孩子正在水中扑腾。水疙洞的水并不深，但那三个孩子小，进去就没了头顶，王三见状，连忙跑进去，将三个孩子拽上了岸。

1997 年的一天，王三正在黄河大桥下打鱼，抬头忽然见一个男子从大桥上跳了下去，王三本能地发动铁船，过去救人。从此以后，王三开始关注大桥上来往的车辆和行人。

那时候来黄河边玩水而失足的游客比较多，自杀的人少，近些年，来大桥上跳河的人逐渐多了起来。

王三想起了自己的母亲，他觉得，母亲当年肯定是抑郁症，但是他不懂，现在他经历的人和事多了，便想着救人的同时还要从精神上和心理上救助抑郁症患者。

2000 年左右，王三卖鱼赚了钱，买了一艘快艇，虽然是旧的，但是开起来比铁船要快得多，两个大桥之间，二十秒就过去了。现在，王三又在黄河大桥下搭建了三间彩钢房，里面安装了监控，只要在王三的视线内有人跳河，王三都能将人安全救起。

2012 年，王三在黄河大桥下救人时，恰好被当地一位记者看到了，记者采访王三时才知道，其实王三已经救了一百九十多人了。从那时开始，王三的事迹开始被政府和媒体关注。

2013 年，在政府的支持下，王三成立了王三黄河水上救援志愿服务队，并于 2013 年荣获“全国道德模范”提名奖，得到习近平总书记等中央领导同志的接见，2016 年，王三黄河水上救援志愿服务队荣登“中国好人榜”，好人王三的名字在包头也家喻户晓。

王三自成立救援队以来，队员已经由之前的七人增至现在的十三人。之前，救援队的队员在黄河边做小生意维持生活，后来黄河边的小商贩被取缔后，王三负责给队员们开工资，他们打鱼卖鱼开鱼馆，并在政府部门的支持下购买了四艘快艇，在救人的同时也供游客们游玩。

在王三的影响下，越来越多的渔民加入了救人的队伍，他们不是救援队队员，但是他们只要看到有人落水，便会本能地通知王三，和王三一起救人。

当然，社会上也有非议，比如说一些放生的人接受不了王三打鱼卖鱼，说是杀生；还有一些人瞧不起他们，叫救援队的人为“别杆子”，意思就是抬死人；还有人说王三救人是为了要钱。

王三一笑，他说：“我不是英雄，但我有我的原则，我救人从不会收人家一分钱，我的队员也是，即使是一条烟，也绝不收。我一个普通的渔民，能得到那么多的荣誉，并且得到习近平总书记的接见，我这辈子就守在黄河边做救人这么一件事，值了。我想母亲若在天有灵，她也会为我感到骄傲和欣慰的。”

情景回放：只要人活着我就不能放弃

阳历3月中旬，黄河刚刚解冻，正值流凌奇观，一辆18路公交车停在黄河大桥北侧，从车上下来一个大学生模样的女孩。

女孩下了车，径直向路边的电线杆跑去，她抱住电线杆一边往上爬，一边伸手想拽上面的电线。

大桥下的王三看到这一幕正觉奇怪，只见女孩已下了电线杆，疯了一般跑到了黄河大桥上，翻身跳了下去。

王三见状，来不及多想，也向黄河里跑去。

湍急的河水拖着冰块向东流去。等到王三游到女孩身边时，女孩已经从王三的眼前漂过，向下游漂去。

完了，王三想，逆水救人好救，顺水救人可就难了。好在黄河里漂浮的流凌阻止着女孩前进，王三憋了一口气，一个猛子扎了进去。

接近女孩时，王三一把抓住她的头发，把她从水里拎了出来，又上前拽住她的胳膊，拼命地往岸边游。

刺骨地冷啊！王三忍不住打了个寒战，冰凌不断地撞击在他的身上，渐渐地，他感觉到自己体力不支，动作也慢了下来。

此时，岸上的人见情况不好，都在对王三喊，让王三放弃那个女孩。

王三咬着牙想："不能放弃，这女孩没死，我不能扔下她不管。"

此时王三的脸已变成茄子色，嘴唇被咬出血来，他一只胳膊拖着女孩，一只胳膊还在不断地划水。

距离岸边还有四五米的时候，寒气侵蚀了王三的全身，王三感到自己已经不行了，他没有了一点儿力气。

可是仅仅剩下四五米，此时扔下女孩，女孩必死无疑……

苍天有眼。

就在王三快要绝望的时候，有人发现岸边有一棵葵花秆，葵花秆的顶上还有个弯头。人们将葵花秆拾起来，小心翼翼地递到王三的面前。

王三伸手搭住葵花秆的弯头处，就这样，王三和女孩被众人拉上了岸。

女孩获救了，想起这次救人的经历，王三感到很后怕。但，后怕却不后悔。“不管到什么时候，只要我救的人还活着，我就不能放弃她。”

据悉，女孩是个大学生，因为失恋而想到了自杀，她坐 18 路车来到黄河边，先是想触电，后来见触电不成，便从黄河大桥上跳了下去。

王三的爱人给女孩换了衣服，又拨打了 120，将她送到了医院，后来，便再没联系。

“我们救起的人很少留电话，跳河又不是什么光彩的事，尽量不要再提及。再者，我们救人不求回报，也有拿钱来感谢的，但我们从来不收。不过也有例外，有个跳河的多少年以后寻来，和我成了好朋友。”王三笑着说，“那年，也是一个初春……”

那天，王三正拿着一架望远镜对着远处的黄河大桥察看。

不一会儿，望远镜里出现了这样一幕：一对年轻的恋人好像在黄河大桥上吵架，小伙子一激动，脱下外套扔到了黄河里。

姑娘指着漂走的外套，着急地喊了句什么，小伙子忽然从大桥上跳了下去，朝被冲走的衣服游去。

透过望远镜，王三盯着黄河里奋力游泳的小伙子，小伙子水性很好，不像是要自杀的样子。

王三觉得这对恋人可能是在开玩笑，并没有在意。但不一会儿，就听到小伙子在黄河里呼喊：“救命！快点救我！”

王三这才发现，那衣服已经被湍急的河水冲到了黄河对岸，小伙子体力明显不支，动作开始慢了下来。王三赶紧发动铁船，向小伙子驶去。

船靠近小伙子，王三用一个铁钩子钩住对方的衣领，将他拎到船上。

原来，小伙子和恋人拌了几句嘴，一生气，便将恋人给他买的新衣服扔到了河里。随即他想起衣服里有三千块钱现金，便奋不顾身跳下河去捞……

小伙子得救了，衣服也捞了上来，可是衣兜里的现金没有了。小伙子急得又要跳河，王三连忙拦住，说：“别了，你需要钱，我给你……”

多年后，小伙子和爱人来到鱼馆寻找当年的救命恩人。“如果当年没有三哥，我早就葬身黄河了。我必须当面给他磕个头，没有三哥，就没有我的今天。看，现在我和爱人结婚了，有了孩子，我们一家三口多幸福啊！”小伙子哽咽着说。

后来，小伙子和王三成了好朋友，他常带朋友来王三鱼馆品鱼，在生意上照顾王三。小伙子遇到困境时，王三也在经济上帮助他，两个人处得像亲兄弟一样。

第二节　放生与杀生

时间：2019 年 12 月。

已是寒冬。此时的黄河像一条白色的巨龙匍匐在沉睡的大地上。野鸭不知道躲到哪儿去了，只有几只鸥鸟在天空盘旋。

刚下过雪，我带上两坛酒，打车来到黄河大桥下。前一天我和王三约好，要请救援队的队员们吃饭、喝酒，聊聊救人的事情。

救援队的队员们有个规矩，平时不在外面吃饭，也不喝酒，每天中午他们都在彩钢房里烩点菜，啃两个馒头，简单填饱肚子就行。现在，黄河已经冰封，队员们也可以歇一歇了。

司机把我放在东桥下，开车离开了，我拎着酒小心翼翼地向彩钢房走去。

这时，冰面上一个拿凿子的老头引起了我的注意。是凿冰取鱼吗？我猜测着。

老头见我拎着酒在雪地里走，他可能以为我是来自杀的，也停下来看我："喂，你去哪儿？"

"我找王三。"我答着，心想，他一定是救援队的队员，便晃了晃手中的两坛子酒，问，"王三在彩钢房里吗？"

"在呢，在呢，你去吧！"老头冲我摆摆手，喊道，"给王三送酒的吧？王三是个好人！"

听这话不像救援队队员，我放慢脚步，转身向老头走去："你是救援队队员吗？"

"不是。"老头边答着，边继续凿冰，"但我知道王三，他救了好多人呢。"

"那你在这儿干吗呢？是捕鱼吗？"我继续问。

"不是。"老头直起身，笑着指了指我身后，"我凿冰窟窿，他们要放生。"

大坝上，不知道什么时候停下五六辆车，从车上下来十几个人，每个人手里都拎着一个大袋子。

我打量着他们，他们也打量着我。

"你也是来放生的吗？"走在前面的一个年轻女人问我。

我摇摇头："不是，我来找救援队队员们喝酒。"

"救援队队员？"女人疑惑地问。

凿冰的老头接过话："就是好人王三，他在黄河边救了好几百人，上电视了。"

"哦，救了好几百人？"女人很是崇拜的样子，说，"他在哪儿？一会儿我们也去看看。"

我指了指前面的彩钢房："就在那里。"

女人让我等他们一下，我便站在一旁，看他们放生。

"王三是自己救人吗，还是有团队？"女人问。

"王三有个救援队，救援队有十三个人，都是王三自己给他们发工资。"我答着。

"那王三靠什么生活呢？"女人又问。

“打鱼，还有鱼馆……”我的话还未说完，女人忽然惊叫起来：“什么？打鱼？杀生?！”

女人放下手中的袋子，冲着同伴们喊道：“王三杀生！王三打鱼，开鱼馆，他杀生！”

我冷冷地看了一眼这个女人，说道：“渔民不打鱼，靠什么活着呢？”

“他救了几百人算什么，我们今天放的是六千条生命！”女人不屑地用眼角的余光瞥了我一下。

“六千条生命？”我问。

“对呀！”另外一个女人答道，“我们今天放的是六千条泥鳅！”

我忍不住扑哧一声笑了。

我没再说话，径直朝彩钢房走去。

救援队的队员们不在，我给王三打电话，他说，上午巡逻完，他们已经回到鱼馆，他让我在那儿等着，他开车来接我。

鱼馆在大桥的北面，需要绕过大坝。我拎着酒又往回走，路过那群放生的人，见他们已经放完泥鳅，正在收拾东西。

一会儿，几辆车从我身边呼啸而过，没有一个人问我要去哪里，顺不顺路，要不要捎我一程。

王三接上我，带我来到王三鱼馆，见一群人在鱼馆墙外杀羊。王三怕我害怕，不让我看，将车开到院里，让我进屋。

屋子里炉火正旺，一个穿警服的人正在烤火。王三给我介绍，他是万水泉镇派出所的所长。

“两只不够，再杀两只吧。”所长对王三说，“快过年了，亲戚朋友都分一点。”

“我看看还有几只能杀的。”王三说着，让杨二官去到羊圈里选羊。

我因为好奇，也跟着杨二官来到羊圈里。

羊圈里大羊小羊总共有十几只，一对老夫妻在羊圈里喂羊。

“老汉，再给选两只吧，王三说还要杀两只。”杨二官对老头子说。

“不能杀了，不能杀了。”老婆子摆着手，将身体挡在羊群前面，声音颤抖地说着，“这几只怀了羔子，那几只还没长大。”

“王三说了让再杀两只嘛，要不你们和你女婿说去。”杨二官见老两口舍不得，便往王三身上推。

我这才知道，原来这老两口是王三的老丈人和丈母娘，他们平时在黄河边以养羊放羊为生。

“真的选不出来了。”老头子边喂羊边低声说着。羊们或许是受到了惊吓，跑到羊圈的西南角躲了起来。

老婆子用一只手抹着眼泪，另一只手护着膝下的小羊，心疼不已。

这时王三也过来了：“快点选，快点选，都快中午了，杀完羊还得去吃饭呢。”

“不能，不能。”老太婆将羊护得更紧了，“都怀了羔子了。”

“哪只怀了羔子了？”王三问，“怀了羔子的不能杀。”

“都怀了羔子了。”

“都怀了羔子了？”王三笑了，知道丈母娘是舍不得，“我看看哪只怀了羔子。”

老太婆不吭声了。

我悄声问王三："所长杀羊给钱吗？"

"当然给了。"王三说，"这不是快过年了吗，我得给队员们开工资，人家所长买这么多羊就是为了照顾我们，平时所里吃的大米，也都是从我们这里几十袋几十袋地买，要不是这些好心人，我们哪能坚持得下去呀。"

原来如此。

我也开始帮着王三说服老夫妻俩选羊。

我知道每只羊对于老两口来说，都像自己的孩子，可是，养羊本来不就是为了让人吃吗？渔民打鱼吃鱼，牧民养羊吃羊，这本就是天经地义的。

我想起放生的那些人，不知道他们是不是吃素。如果大家都吃素，那渔民和牧民靠什么活呢？

杀完羊，所长又买了十几袋大米。大米是王春霞的兄弟们在达拉特旗种的。

中午，王三开车带着救援队的队员们来到万泉佳苑附近的一家饭馆。

落座后，我打开了酒。

"不能喝了，不能喝了。"杨二官念叨着，"村里那个谁，喝酒喝死了。"

"少喝一点，没关系吧？"我记得王三说过，队员们喜欢喝酒，平时不让喝是怕耽误救援。

"今天可以喝，过年了。"王三指着酒坛子说，"这是好酒。"

“好酒？”杨二官和岳贵福拿过酒坛子闻了闻，笑了，“那得喝点。”

其他的队员也笑，说着：“看你们！一听说是好酒，这立马把馋虫就勾起来了。”

“赖酒真不敢喝了。”杨二官说着，“秦风年不就得了尿毒症嘛。村里卖的都是假酒，村里喝死好几个了。”

“什么酒？”我问。

“散白酒。”杨二官答着，“一两块钱一斤，好酒村里人哪喝得起呀。”

“以后我给你们供酒吧。”我说，“酒可不能乱喝，真的会喝死人的。”

“平时我们不喝，就过年喝。”岳贵福答道，“你看你来了这么多次，我们都没有陪你吃过饭，喝过酒。我们救援队有规矩，不能喝酒误事。”

大家东一句西一句地聊着，一杯酒下去，杨二官忽然哽咽着说：“我找了个下夜的活儿，钱没挣上，还差点被拘留。”

“拘留？为啥呢？”王三不知道杨二官找活儿干，问道，“在哪儿下夜？”

“就前面那个小区，招下夜的。我为了挣几个钱，就去了。”杨二官说，“物业有间空房子，我想闲着也是闲着，小区里的老头老太太们聚在那儿打麻将，我也没管，结果经理说我聚众赌博，说我肯定从中抽了红，把我给告了。”

“啥时候的事？你咋不和我说呢？”王三着急地问道。

“后来派出所派人调查了，不关我的事，所以，我就没告诉你。”杨二官答着。

“这么大岁数了，为啥要去下夜呀，我又不是不给你开工资。”王三责怪道。

杨二官小声说：“这不是年纪大了吗，我今年都七十了。下不了水，救不动人了，我得找点活干。”

“你放心吧。你救不动人了，也是咱们救援队队员，你跟着我就行，你这辈子我都给你开工资。”王三说道。

杨二官放心了，端起酒杯来，一饮而尽。

王三席间没有喝酒，饭后，救援队队员们回家休息了，他开车带我到黄河岸边巡逻。

两座大桥中间波光粼粼，是王三口中所说的“亮子”。

“那个地方千万不能去，一不小心就滑进去了，人一旦进去就钻到了冰窟窿底下，就是神仙也救不了的。”王三指着亮晃晃的水面说。

“这个地方掉进去的人多吗？”我问。

“这两年宣传得好些，但是也有。往年可多了。”王三说，“这不是快过年了吗，烧香的、还愿的人都来这长流水里扔符，一不小心就掉进去了。有一年有一家五口，从山西来的，父母还有弟弟、姐姐、姐夫，全掉进去了，一个也没上来。”

王三叹息着，看到岸边又来了几个人，像是放生的。

王三下了车，上前问他们放的是什么，他们说是龟。王三连忙制止，道：“可不能放了，这巴西龟，把黄河里的物种都给吃了，都成灾了。”

据王三说，每到初一、十五，都有不少人带着买来的鱼、龟，来到大桥下放生。也有渔民拿着网跟在放生人的后面，等放生的人一走，便撒网捞鱼。

“放生本来是好心，是积德行善的事。可是，这些鱼放到黄河里活不了，那些龟，破坏了原有的生态，这样的放生其实等于在杀生。”王三说。

我也曾亲眼看到放生的鲫鱼在黄河里存活了一段时间，被钓上来后，鱼鳞都被泥沙磨掉了，血淋淋的，非常可怜。

包头相关部门的管理员也曾呼吁，让市民不要再往黄河里放生，以免破坏生态平衡，污染环境。

“说了也不听。”王三很无奈，说，“不知道哪儿来的假和尚，专门忽悠那些善男信女，每月让他们交多少钱，然后给买来鱼和龟，来这里放生。还有那些观音菩萨像，你看看，我们捞上来多少。”

在彩钢房旁边的大树下，堆着几十座观音像，有陶的、铜的，还有玉的，缺胳膊断腿，七零八落地躺在树下。

“这哪是真信佛呀，今天信了，把观音给供上；不信了，就扔到黄河里来，唉……”王三不由得叹口气道。

情景回放：因抛符祛病而命丧黄河

那是临近春节的一天，冰封的黄河白茫茫一片，在正午的阳光下亮得刺眼。一男一女在冰面上走着，三个女人在岸边祭祀烧香，远处有三三两两冰钓的人。

走在冰面上的女人身穿红色的羽绒服，手中拿着一张符在前面走，跟在后面的男人与女人保持着两三米的距离，低头在想些什么。

“那个女人掉水里了！快！快拉她一把！”岸上忽然传来三个女人的惊叫声。男人抬头一看，眼前的女人不见了，亮闪闪的冰面上有水漫出来，水中有人伸着手臂在拼命挣扎。男人来不及多想，往前一步也滑入水中。

岸上，三个女人不停地大声呼喊，钓鱼的人从四面八方跑来，有人拿出手机报了警。

此刻，王三正在离黄河百米之遥的鱼馆吃饭，他接到警察打来的电话，连忙扔下手中的馒头，开车赶到了黄河边。王三知道，人一落水，两分钟之内是可以救活的，但若超过两分钟，人一旦沉下去，便会随着冰下的激流不知道冲到哪里去了。

王三停下车，见冰面上露出一颗人头，男人的脖子被卡在冰面上，看不到身子，只看到紫黑的一颗人头，但还活着！

王三见此情景，三步并作两步，向着男人跑去。谁知跑了二十来米远，冰面开始发出砰砰的炸裂的声响。男人附近的冰面开始坍塌了，水一下涌上冰面。王三不敢再贸然前进，他又返回到岸上，穿上救生衣，手中拿了根绳子，王三将绳子系在腰间，趴在冰面上，朝着男人爬去。

按理说，冬天的黄河是安全的，冰封之后，常有钓鱼的人开车上冰，也有人开上越野车来冰上玩漂移。

可是，熟悉黄河的人都知道，黄河里有很多出气孔，就是人们常说的亮子，亮子里的水漫过冰面，人一不小心便会滑进去。

而这个男人和女人都不会游泳，两个人在水里扑腾了几下，男人恰巧被冲到边缘，脖子卡在冰面上了，他一只胳膊搭在冰面上，求生的欲望让他一直坚持着，直到看到王三向他跑来。

王三爬到男人面前，一把抓住男人的胳膊，用力往上拽。奇怪的是，男人身上像是坠了什么东西，拽不动。

王三没办法，见冰面上有块木头，便捡起木头开始砸冰。只听见哗的一声，冰塌了，男人的脚下，一件红色的羽绒服像降落伞一样猛地张开了，一个女人的两只手紧紧抱着男人的腿，漂了上来。王三这才知道，原来，冰下还有一个人。

王三连拖带拽，将两个人抱到冰面上，他将绳子的一端扔给岸上的人们，在众人的帮助下，终于将这落水的一男一女救上了岸。

落水时间太久了，王三也不确定这两个人是否都还活着。他上车打开暖风，众人将这两人抬到车上，并对女人开始施救。

“男人慢慢缓过来了，女人不行了，吐出来的不是水，是胃里乱七八糟的东西，已经二十多分钟了，没救活。”120将这一男一女拉走了，王三仍在惋惜。

后来王三才知道，女人是北梁拆迁办的工作人员，男人是北梁的拆迁户，男人去拆迁办办事，女人让这个男人开车带她来黄河边扔个东西。女人身体不好，找村里的“大仙儿”给写了个符，说是扔到黄河里，病就祛了。谁承想，竟命丧黄河。

“我如果当时在就好了，当时救，肯定能救活，就吃个饭的空。”王三懊恼地说。

每年冬天，都有外地来烧香还愿的人掉进亮子里，王三记忆最深的是山西来的一家三口，一个男人和母亲、姐姐来许愿。三个人在冰上走着，男人感觉不对劲，只说了一句“你们别过来”，便掉进亮子里，不见了踪影。

母亲和姐姐回到岸上哭得撕心裂肺，母亲双手不停地刨着僵冻的枯草，把十个指甲硬是给刨掉了。

“真看不下去……都是看仙儿的。”王三说，“那男人想生男孩，便找大仙儿看，大仙儿给写个了符，让扔到长流水里，结果……”

为了以防万一，王三在黄河边有亮子处拉起了警戒线，岸边也竖起警示牌。

“这几年少了，但是还有。有的人就是不信邪。”王三叹口气。每年因为冰钓而掉进黄河里的有，车开到黄河里的也有。

第三节 一封遗书

时间：2020 年 4 月。

昨天联系不上王三，给三嫂王春霞打电话，三嫂说王三的手机坏了，一个女孩跳河自杀，王三着急救人，手机掉进水里，对讲机也摔坏了。

我告诉三嫂，今天去黄河边采访，三嫂答应着："来吧，来吧，我告诉你三哥一声。"

上午十点，当我来到黄河边时，见桥下依然有三三两两的游客，一辆警车停在大桥底下，救援队的队员们分散在黄河岸边，时不时地观察着岸边的动静。

彩钢房里，王三和警察正在调监控，见到我，忙伸出手来和我握手，说："昨天我的手机掉水里了，拿去修，所以没有接到你的电话，你三嫂告诉我了，今天你要来。"说完，他又转身和警察介绍我。

我连声应着，怕打扰警察办案，悄悄退到一边。

监控上显示，凌晨五点，去往达拉特旗的黄河大桥上，偶尔过去的车辆间，貌似有一个黑点。时间在一分一秒地流逝，忽然间，小黑点纵身一跃，跳进黄河里。

"是昨天跳河的那个女孩子吗？"我在一旁轻声问。

“不是，是另外一个。昨天那个女孩救上来了，这个没发现，不知道漂哪儿去了。”王三说着，声音里满是遗憾和无奈。

“这个是什么时候发现的？”我又问。

王三指指身边的警察，答道：“这不是警察来，说昨天有人报案，东河区有两口子吵架，女人开车离家出走了，男人报了案。早上，警察在黄河畔发现了女人的车，车钥匙扔在了后轱辘下面，他们猜测，是不是跳河了。”

跳河的是不是失踪的这个女人，王三和警察都说不准。一般王三早上九点来黄河边巡逻，晚上六点回家，夜里留一名队员值班。即使队员从监控里看到有人跳河，但是深更半夜，队员自己也很难施救。

警察走了，王三叹口气，和我详细讲起昨天跳河获救的那个女孩来。

“这是从女孩兜里找到的遗书，你三嫂拍了照片，你看下。”王三将手机递给我，“这是你三嫂的旧手机，我先凑合着用呢，还没时间去买。”

“是啊！”队员岳贵福接着说，“昨天我正在大桥下巡逻，看到一个女孩不对劲，她打车到了大桥上，下来后在那儿来回走，我一看不好，赶紧叫王三，结果，王三跑得急，把对讲机也给摔坏了，手机也掉进了水里。”

“六七千块钱的苹果手机。”王三憨憨地笑笑，说，“当时没想那么多，就着急想发动快艇去救人了。不过，女孩被救上来了，摔烂个手机也值了。”

“摔烂多少了！”岳贵福也笑，“摔烂也没人赔，还得自己买。”

“快别说那个了。”王三摆摆手，说，“既然想救人，就没想那么多，家长理解也好，不理解也好，反正人救上来了，怎么教育就是他们的问题了。”

“唉，这孩子也是可怜。”岳贵福叹口气，不再吱声。

我知道，也许我就这样离开了，你们会受不了，也许会受到打击。但我真的熬不下去了。今天以前我想过无数次自残，甚至自杀，之前我不敢，但今天，我有了所谓的勇气，让我离开这个对我并不友好的世界。

这十五年来，我很感谢你们的培养，我请求你们别难过，我只是去了另一个世界而已，还望你们珍重。

2019年，我知道了一个对我来说是晴天霹雳的消息——你们离婚七年多了。知道这个消息后，我很长时间心情崩溃，也就是那段时间，我的成绩瞬间下降，并再也没有上升，也就是那段时间开始，我怀疑自己生病了，这件事情发生后，我便掉进深渊。

2018年，我开始追星，你们没有表明态度……之后，我一次又一次把×××的照片给你们看，你们呢？说他不好看，说他没用，说追星没用，说：你认识他，他不认识你，说追星浪费时间……可你们知不知道，他——×××是支撑我活下去的唯一理由啊！如果2018年初我没有认识他，或许2019年秋，你们就见不到我了。

2020年，我迷上了《盗墓笔记》，迷上了南派三叔笔下的“铁三角”，迷上了像神一样存在的人——张起灵。

……

关于我的人生，就到这里了，你们别难过，不值得。

妈妈，你别再吸烟了，真的很伤身体。这些年来，你辛苦了，很抱歉用这样的方式于（与）你道别。如果可以，别再无所事事了，找个工作认真生活，把我忘了吧。

爸爸，说实在的，我并不了解你，在我记忆中，你可有可无，毕竟，你的存在，我感受不到。

哥哥，抱歉，我没能参加你未来的婚礼，但结婚毕竟是你这一生中的大事，一定要考虑清楚啊。

我曾经来到这个世界，但我终究是不属于这里的。

我的死没有对不起任何人，任何人都没有资格评判我的死亡，你们不该在我死后对我评头论足。我知道以这种方式离开，很难平息周围人的非议，甚至，也许我死后会是人们酒足饭饱后的谈资，但我还是选择了这样的结局。

在我还在世的时候，我的绝望和无助成了别人眼中的“矫情”，当我需要安慰的时候，你们劝我别想太多。每当我听到这样的话的时候，我都怀疑我是来到这里给你们添麻烦的，我每天都在反问，自省，明知道这样会使自己痛苦，但我就是忍不住啊。这是病啊，是病啊，病啊！

我知道这世上没有真正的感同身受，你们没有做错什么，你们甚至付出了更多去爱我，但我还是以这种方式离开了你们，离开了这个一而再，再而三伤害我的世界。

这世上有那么多的人为了生活努力活着，而我却在谋划着自己的死亡，这多么讽刺啊。

这世界这么美好，终究是我不值得。

如果自残是小打小闹，那自杀呢？

再见。不对，再也不见啊……

女孩留下了三封遗书，一封是写给父母的，一封写给警察，还有一封写给陌生人。

看完女孩写给父母的遗书，我一时无言。

片刻后，我问王三："昨天把女孩救上来，家长怎么说？"

"唉，别提了，家人去派出所把女孩领上就走了，连句道谢的话都没有。"王三苦笑着摇摇头，说，"警察还说呢，王三为救这个孩子把手机、对讲机都摔坏了。嘿！可好，人家一声不响领上孩子就走了。我也没想让家长赔手机，但是道谢的话都没有，唉……我那苹果手机，大几千呢！"

关注青少年抑郁症群体

我得了一种病，叫抑郁症，不知道从什么时候开始的，也不知道什么时候能结束。我只知道我活得很累，很痛苦，很多人把这种病当作是脆弱，想不开。我想说的是，不是的。

我从来不是个脆弱的人，就像不经常喝酒的人也会得肝癌一样，没有太多的诱因就这么发生了。这么久以来，可以说，我一直活在噩梦里。不，比噩梦更可怕。就像一直有一只看不见的手，一点一点地把我的灵魂从身体里拖出来，然后一天一天地把它拖进深渊里。那些悲伤绝望的情绪出现得莫名却如蚀骨一般一直缠绕着我，无法挣脱。

一宿接一宿的连续失眠，每分每秒都徘徊在生死的边缘，总有两个声音在脑海里盘旋，一边说死吧，死了就能真正解脱了。另一边说，你不能这么自私不负责任。于是我每天都活在这种撕扯中，一直到今天，每次看到车就想不管不顾撞上去，拿到刀就想刺自己，去到人群中就想呕吐。因为责任，我却只能一次一次用自己不多的意志去对抗身体的本能，在所有人面前装得谈笑自若，云淡风轻，就像在展示之前控制不住地说出自己患了抑郁症，这件事是个笑话一样。

我竭尽全力地去扮演一个所谓正常人的样子，虽然演技是与生俱来的天赋，我演得够像，所有人都被骗得很好。我不是没有去倾诉过，不是没有尝试过救自己，也不是没有尝试过求救，然而要不就是被当成笑话，要不就是觉得我想不开。

或许换个环境生活就好了，或许去旅游就好了，或许去蹦一次极就好了。我换了个地方待了，我去旅游过了，我去蹦极过了，可是然后呢？还有别的方法吗？我想没有吧，该放弃吧。我一次又一次地努力尝试，一次又一次地寻找，换城市、换工作、给自己找事干。运动、跑步、旅行，我真的受够了自己骗自己，一天又一天地演戏，我好累呀，这次的结束就是在告诉我没用的，做这些徒劳无功的事干什么呢？每天像一具行尸走肉一样浑浑噩噩。终于，我要撑不住了，终于我崩溃了。

奶奶，对不起，我不孝，让您在如此高龄又一次白发人送黑发人，对不起。请您怨我，恨我，最好是马上忘记我，但就是不要为我伤心难过，我不值得。真的好想再听您喊一段儿，哼一段儿小时候的摇篮曲啊，可惜没机会了。奶奶，请您一定要照顾好自己，我走的时候一点儿也不痛苦，真的。

妈，对不起，让你失望了，生我养我一场，死了，还要让你背上几万块的学费贷款，不要来找我，找个好人好好地和他过好下半辈子，你还这么年轻，这么漂亮，你值得有更好的生活。我不想成为你的拖累，就算我继续苟活着，不能正常地工作生活，又有什么用呢？对你，对整个家，都是永远承受不起的负担，你们会一直活在我失控的阴影下，不得安宁。

不要觉得是病就一定治得好，不知道要折腾掉多少钱去等一个渺茫的结果。我对自己的状态清楚得很，我只想在失控之前避免后续更严重事态的发生，我不想再让你操心了，原谅我，照顾好自己。

弟弟已经是一个大小伙子了，我相信他能承担起责任后，他一定会让你骄傲的。不像我，不要来找我，就让我埋在这儿吧，这里山清水秀，我会在这里得到平静的。

不要难过，不要自责，我不要葬礼，就当什么都没发生过一样吧。我不想经历那些，把钱留着给弟弟读书，一定要答应我。在我做好决定的最后这几天，是我很久未曾有过的轻松日子。

所有爱我的和我爱的人，你们都要好好的，不用悲伤，不用哭泣，时光是最无情的武器，总有一天，我会消失在你们的回忆里，无痕无迹。所以不用太在意这件事，祝福你们一切都好，希望以后大家能多多关心抑郁症这个群体吧，愿这个世界多些善良和美好，少些伤害。

舍身崖的风景真的很好，云海涌动，美景如画，如同仙境。埋骨于此，我没有任何遗憾。佛经中说，自杀的人是没法入轮回的，挺好，不用再感受这些痛苦和无奈，也不用再孤单了。

爸，我找你来了，人世间的诸位，今生我们，我就走到这一程，再见。

这是2018年网上一位跳崖女孩留下的遗书，救援队队员岳贵福的手机里有保存，他发给我看。“之前从网上看到过孩子们因为抑郁症自杀，没想到这次这样的事就发生在自己的身边，家长平时没事和孩子多交流交流多好，让孩子把堵在心里的话说出来，可能就不会走这条路了。”

王三说，他的母亲就是因为抑郁症而自杀的，所以，他也特别关注抑郁症这个群体。在自杀的人群中，工作及生活压力大的中年人居多，十几岁的孩子因为抑郁症跳河他却是第一次遇见。

“跳楼的孩子有多少啊？家长老觉得是孩子学习压力大，其实，那就是抑郁症。”我说。

因为我经常遇到患有抑郁症的孩子，所以我关注了一个青少年抑郁症群，几乎每天群里都会有家长发文交流经验。

1

孩子前几天出门去玩，又是没完没了地化妆，几乎是一下午，让人感觉崩溃，想想同龄孩子都在上学，为前途奔忙，她却什么也不知道，整天就知道化妆，吃喝玩乐，我忍不住唠叨，她摔门而去，背着小包包，浓妆艳抹，哪里还有学生的样儿，自暴自弃，她爸有时绝望地大哭，说这到底是中什么邪了，好好的孩子变成这样了！到底受什么刺激了！

我已经麻木了，孩子变成这样了，太痛苦了，感觉这个家庭都要破碎了……眼泪已经流不出来了，在煎熬中，回忆起她小时候，是多么懂事的一个孩子！我感冒了躺着，她过来拿了毛巾给我擦汗，倒水，喂东西给我吃……我们夫妻吵架，是女儿劝和，每次快递来，都是女儿主动去取。

初一的一天，女儿的班主任打来电话，说是有事情，让我去学校，老师说孩子一直和她犟嘴，她不能教了，让带回去，我惊讶：一直听话的女儿怎么了？旁边的同学说老师也有错，老师骂女同学的话特别难听，女儿站起来打抱不平，坚持让老师认错……

我只有劝女儿：老师有错她也会反思的，会改掉的，我们更要找自己身上的错误，譬如为什么要揪住老师的错误不放，为什么就不能理解下老师，要管理一个班级，四十多个孩子，气上来了，骂骂也没什么啊……

后来老师和女儿也谈心了，女儿也承认老师还是不错的老师……再后来，女儿又和不听话的孩子走近了，老师建议她远离，她又愤愤不平，说是作为一个老师，不应该歧视不听话的孩子。

我真是无语了，我劝她：老师是对的，她们会影响你的品行，老师是为你考虑的，你要理解老师。其实老师对所有的学生都是一视同仁，知识都是一样教的，一个品行不好的学生不能搅坏一锅啊。

后来，我们为她转学了，让她在别的城市进了一家寄宿学校，期望她能独立起来，远离那些孩子。再后来，发生了好多事，她们依然是好朋友，女儿也越来越叛逆，只好转回我们本地上学。她不再听我们的话了：顶撞我们，谩骂我们，甚至她爸要打她的时候，她说不用打，直接自己扇自己的脸。那一刻，老公直接崩溃了……

后来，不得已带她去了心理医生那里，诊断为焦虑抑郁，吃了几个月的药，药物让她疲惫不堪，整日昏昏沉沉，不再有精神骂我们了，但是什么也就做不了了，她只想睡……

我们又慢慢给她停了药。然而无论怎么，她再也不能上学，不能融入人群里，不能过集体生活……这到底是为什么？是抑郁症？

眼看几天过去了，她又不知道去哪儿了，电话打不通，偶尔发个信息过来，也是：马上，快了，一会儿就回来了，放心，好着呢，在一个女孩家呢……

就这样，每天找她，发呆、流泪、崩溃、绝望——我感觉到我们也要抑郁了！

2

前天中午，孩子给我打电话，说难受，要我接她去心理科看看。我当时想，也没预约，一点儿准备也没有，而且还有三天就回家了，就想让她再坚持几天。但给她爸说后，她爸放下手头的工作，接上我直接去学校接她去了省里的精神卫生中心。

果然，没有预约，只能加号。我们两点多到的，医生说加号要等到五点半之后看，想想，既来之，则安之，等吧。没想到一直等到六点半才看上。（多说一句，当时只有青少年科的这位主任还在加班，晚上她要去病房接班，真是很辛苦。）

医生详细询问过程中，我才知道，孩子已经有自残倾向了，胳膊上划得一道道的。原来看到也问过她，她嘻嘻哈哈地说红笔画的，别当真！而现在却是真的了！

我也努力控制自己的情绪，毕竟去年年初，家中一系列变故，我已经被诊断为重度抑郁！这一年吃药放慢生活自我调整，至少在与人沟通和认知方面有了改善，但没想到，孩子说在初一就已经社恐，感觉生活毫无意义，原来她喜欢的也全失去兴趣，当时仅以为是青春期的变化，却没想到是抑郁症惹的！

现在孩子也必须吃药了，医生建议走读，但上学期走读过一个月，让我们整个家庭精疲力竭，她自己也感觉太累，还是想先住校。我每天中午、晚上都会打电话给她，暂时能做的只有这些了！

3

凌晨三点二十八分，我收到了一条短信："爸，我已经活成你们希望的样子，现在我想放下了，你和妈照顾好自己，也希望你们能原谅我。"

当我看到这条信息的时候，刚拿到重点大学录取通知书的儿子从楼顶一跃而下，结束了年轻的生命，后来我才知道，儿子走的时候手里还拿着录取通知书，那时起，我才明白什么是家庭，什么是教育，可惜为时已晚！

4

昨天早上六点多就出发去医院复诊开休学证明。到了医院门诊报到，已经八点二十分了，幸好第五个就排到了我们。医生知道要休学后，把每天一片心达悦调整到了一点五片，可能是想孩子恢复得更快些吧。开了两个月的药，六盒药，三千五百多元。

看完医生回到家，才十点三十分左右，就带孩子去学校办理休学手续。到了学校后，趁下课休息时间，去教室收拾东西。

教室在四楼，上到四楼楼梯口时，跟一个抱着作业本子的男同学撞见，他叫了一声我女儿的名字，打招呼，女儿走得急没注意，我下意识地回了一声“嗯”，向他点了一下头回应。

教室里乱哄哄的，我在教室窗外看女儿走到最里面一排最后一个座位。她动作有点慢，我怕会影响等会儿老师进来上课，就进教室帮女儿收拾书本了。

才收拾一半，上课铃声响了起来，我加快速度把其他书本、学习资料装了两袋子，女儿装了一袋，趁老师还没进教室，匆忙出了教室。之所以挑选这个时间段，是觉得当着老师的面收拾东西，不太礼貌和不尊重老师。

收拾东西期间，同学们都是一副若无其事的样子，只有女儿一个曾经的好朋友，在我进教室帮忙前，向女儿说了一句阴阳怪气的风凉话，女儿也回了一句，她就向我女儿翻白眼。后来我进来帮忙后，她就不吭声了。这是在教务处时，女儿才跟我说的。

这个女同学曾经因为当班干部时太牛，得罪了很多人，有次几乎被全班人群讽而哭。当时班主任外出学习了，中午接女儿放学后，她拿我的手机给班主任发语音信息，投诉了这些同学。班主任回来后，让这些同学向这个女同学道歉。

经过此事后，她俩成了好朋友，而女儿因为跟她走得近，也因此得罪了一些同学。后来因为频繁请假，好朋友身边也慢慢地多了很多朋友，不再下课后就过来找女儿一起玩。

上周五晚上，她发微信跟我女儿聊天，约第二天看电影。第二天我女儿从早上等到天黑，她才回信息说不是要约我女儿，发错信息了。

女儿很生气，觉得她把自己当傻瓜耍了。就这样你一句我一句，友谊的小船说翻就翻了。女儿因为对方一句“你几科加起来才二百多分，牛啥呢”而大受打击，哭得很伤心。最后还惊动了班主任出来调解。

女儿好久没考试了，连上学期期末考都没参加，现在这个学习状况，同学这么说，人家也是心中有数的。

后来，她发信息说，她家人不喜欢她和我女儿来往。孩子不让我看，我只看到了这么一句。我不知道孩子当时有什么想法，我心里还是挺难过的。这就是害怕所谓的“近朱者赤，近墨者黑”吧！我家孩子只是吃药后无法集中精神学习而厌学了，并没有传递其他负能量给别人。这个女同学是班里的学霸，知道努力，有目标，有决心。人家家长怕受影响，也是可以理解的。

班主任人很好，带着一起去了教务处找主任。主任劝尽量不要休学，这样又要多读一年，他说见过很多这样的学生，还不如赶紧读完初中算了。

我说孩子上学期请假太多，没学到什么，这学期听老师上课，像听天书，会让孩子感到更痛苦，以后无论是能考上高中还是职中都无所谓了。

主任轻笑了一下，他说，这样子还想考高中呀？我说没有，能考啥都无所谓了，只想以后孩子能天天正常上学就好。现在继续上学，只会让孩子觉得更痛苦，想让她先休学半年，好好休息一下。

填了一份表，复印了两份，一式三份。学校盖了章，让我拿去镇教育局盖章，把盖好章的交给学校一份，自己留一份，教育局留一份。过程很顺利，就这样把休学办好了，现在还觉得有点不真实。

孩子觉得九月复学后，能认识新的同学，还是有点期待的，忐忑的是不知道会遇到什么样的老师。希望孩子以后还能遇到现在这么有耐心、这么能理解的班主任吧。在这半年时间，带她去玩，带她去吃好吃的，带她运动，我相信，一切都会好起来的！

这样的例子不胜枚举，家长们在陈述的时候，很少有人能够认真地思考、反省，是什么让孩子们宁愿埋进网络游戏而不愿意和父母交流沟通？当孩子认为救助和倾诉是一件羞耻的事，自己的声音总是被批评和否定时，他们很容易将自己包裹起来，封心锁爱，不再信任父母。

他们也曾为了引起父母的重视而自残，他们因而也提出这样的质问："如果自残算是小打小闹，那么自杀呢？"

"你多呼吁呼吁，让家长和老师多关心下孩子，这么小的年纪就得了抑郁症，真可怜了，这辈子就毁了。"王三几乎是哽咽着对我说，"我们救援队是救人，你们作家是救心。"

情景回放：黄河边吃草的男孩

那年九月，开学后不久的一天清晨，下着小雨，杨二官正在黄河边巡逻，忽然听见岸边的芦苇丛里传来窸窸窣窣的声音，他走近扒开芦苇一看，只见一个十六七岁的男孩正趴在地上，浑身不停地颤抖着。

男孩看见有人来了，吓得尖叫起来，一只手用力揪扯着身边的芦苇，往嘴里放。

这孩子是怎么了？怎么在这里吃草呢？杨二官疑惑地上前抓住男孩的胳膊，把芦苇从男孩的手里抢过来。

“你是哪儿的？怎么会在这里呢？”杨二官问道。

男孩呜呜地低吼着，眼神里满是恐惧，像是精神失常的样子。

杨二官正想继续追问，却见一个年轻的女子哭着从芦苇从边疾步走过，杨二官心想不好，这女孩肯定是来跳河的！

他顾不上那个吃草的男孩，快步跟上，一把从后面抓住那个女孩的胳膊。

女孩被吓了一跳，她停止哭声，转身对着杨二官又打又踢，极力想挣脱：“你是谁？你干吗拉我？你放开我！”

“这雨天，你来黄河边干吗？连个伞也不打，是不是想不开啊？”杨二官比较木讷，不怎么会说话，一时不知道该怎么劝解。

“不用你管！”女孩边试图挣脱，边试图往黄河边跑。

雨越下越大，两个人拉拉扯扯快到黄河边的时候，女孩发出一声惊叫，杨二官透过雨帘顺着女孩的目光看过去，只见黄河浅滩上漂浮着一具尸体。

“看看，看看！”眼前出现了尸体，杨二官心里着急，让女孩别动，忙掏出对讲机给王三打电话，让王三过来。

恰好那几天王三接到民警的通知，包头某学院有一个男孩失踪了，会不会是他呢？王三听闻，连忙开车赶了过来。

此时女孩已经平静下来，可能是被浅滩上的尸体吓着了，而那个吃草的男孩已经被杨二官从芦苇丛里拽了出来。他坐在地上，手不停地抓挠着旁边的土块往嘴里塞，像是胃里烧得慌。

“你是哪里人呢？在哪儿上学？”王三问男孩。

“不知道，我什么都不知道……”男孩摇着头，嘴里连声说着不知道。

听口音不是本地人。王三从车上给他拿来水和面包让他吃。男孩摇着头，看样子像是被吓傻了。

雨越下越大，王三先是报了警，然后让杨二官把女孩安抚住，他把那具尸体弄到岸上，以防被雨水冲走。

等警察到来时，那个吃草的男孩忽然起身跑掉了，经警察辨认，浅滩上的那具尸体正是前几天失踪的那个学生，杨二官和警察说起那个吃草的男孩，说说不定和这起失踪案有关系。

果不其然，第二天，那个男孩又来跳河了，这次男孩一露面，杨二官和岳老（岳贵福）就把他给抓住了。

最后，在民警的盘问下，男孩才断断续续地说出事情的来龙去脉。

原来，男孩是河北人，现在河北某职校读书。

暑假期间，男孩从网上看到一个自杀群，在群里他认识了很多有自杀想法的同龄人，大家在群里交流，怎么死比较好。有人说上吊，有人说跳楼，有人说服毒，也有人说跳河。

男孩没有见过黄河，正好群里有包头某学院的一位学生，还有一个安徽的，他们三个相约来黄河边跳河。

那天三个人来到黄河边，面对汹涌的黄河水，他们有些害怕，怕跳进去一时死不了在水里沉浮受罪，便在跳河前先吃了安眠药，吃完药他们从黄河浅滩处试着往里走，两个孩子进去便因药劲发作倒在水中，其中一个很快被冲走了。剩下这个男孩亲眼看见两个同伴被黄河吞噬，吓傻了，钻到芦苇丛里，被杨二官发现时，他已经在芦苇丛里待了好几天了。

最后男孩被父母接走了。

后来，王三带着救援队的队员们一路打捞，从十几里外的河畔发现了另一具漂上来的尸体。

“还有自杀群了？”王三想不通，网上怎么会有这样的群？大好的年华，孩子们应该好好学习才对，为什么想到要结伴自杀呢？

第四节　自杀？杀人？

时间：2020 年 5 月 18 日。

一早接到呼市张姐的电话，说上午要来包头给王三救援队队员送些酒。

张姐是一位企业家，前段时间我们相约去达拉特旗，路过黄河大桥时，我和她讲起了王三。

张姐在开河的时候来过王三鱼馆，从王三这里买了两千多块钱的鱼，她说，她听说过王三救人的事迹，很感动，也想为王三和救援队做点什么。

路上我说起来元旦那天请救援队队员喝酒，杨二官不敢喝，说村里已经喝死好几个人了。

“勾兑酒就是不能喝，哪天我给救援队送几箱好酒吧。”张姐说。

这次，张姐开车给救援队带来了十箱酒，我联系上王三，将酒卸到鱼馆，王三安排了我们在鱼馆吃饭。

张姐点了很多菜，她请客，让救援队队员们坐下一起吃饭。队员们不肯，怕吃饭喝酒误事，他们搬完酒，就去彩钢房里做饭了。

我和张姐，还有两位作家在鱼馆刚吃到一半，就听外面服务员在议论，说刚刚有一辆轿车冲进了黄河里。

我第一反应便是，车开得太快，出了事故。

服务员也都这么说。

我问现在情况怎么样。

服务员说，车冲进去，就沉下去了，找不见了。救援队已经报了警。

我们没心思再吃饭了，张姐匆忙结了账，我们便一起赶到黄河边。

在东桥东一百多米远的地方，围了很多人，岸边停着两辆警车。河面上有一艘皮艇，救援队队员岳贵福在皮艇上巡视着四周的情况。

出警的是高新区派出所的王警官，他和同事在岸边拉起来警戒线，王三指挥着围观的人们不让大家靠近，以免发生意外。

我和王警官认识，第一次来黄河边采访时，正好遇到王警官也来游玩，我听他说起过王三协助他们破案的故事，所以加了微信，平时在微信上偶尔也会聊上几句。

我挤过人群，来到近前，王警官见是我，和我点头示意。

“是意外吗？”我问。

“应该是自杀。”王警官答。

我惊诧。这时王三也过来和我打招呼：“救上来一个。现在车沉下去了，找不见了，车里应该还有人。”

我听说救上来一个，心情稍缓了些，连忙问：“救上来的人在哪儿？”

“已经送到医院了，你三嫂陪着去了，是个娃娃。”王三随手指了指河里的皮艇，继续说道，“那会儿，我们正在彩钢房里吃饭，岳老在东桥这边巡逻，他听见可大的动静，扭头就见一辆轿车疯了一样地向着黄河开过来。还没等岳老反应过来，车就冲到了黄河里。等岳老喊我们过来，眼见车已经沉下去了。”

“是呢！”岳贵福在一旁接着道，“我当时就觉得奇怪，怎么这车开得这么快，一般车从大坝上下来就会减速，可这车好像是从大坝那边冲下来的，车下来从这边拐了个弯，就直直地向着黄河里开过去了。”

“救上来的那个孩子是怎么回事？多大了？”我又问。

“也就四五岁吧。”王三接着说，“岳老一喊，说有车掉进黄河里了，我和雪峰就赶紧划了橡皮艇过来，等我们到这儿，车早已经沉下去了，只能知道个大概位置。我们在这四周徘徊了好一会儿，正说要走，忽然看见河面上漂起一个东西，开始我们以为是一顶帽子呢，等划到近前看，原来是个小屁股。我靠近把他捞起来，才发现是个娃娃。”

“万幸的是救活了。”岳贵福说，“我们给他控水，拍打，看他哇一下哭出来，就知道没事了。”

“是呢，是呢！”王三指着岸边的一辆面包车说，“就在这儿，你三嫂抱着他，他说什么也不撒手，看样子是吓坏了。你三嫂和警察带他去医院了，应该是没事了。”

“这孩子命大。”岳贵福点点头，感慨道，“现在不知道车里是什么情况，还有没有人，得等警察把车捞上来才知道是咋回事。”

“确定是自杀吗？”我有些疑问。自杀的话，车里怎么会有孩子呢？是多狠心的大人才会带着四五岁的孩子来自杀呢？

“这我就不清楚了。”王三说，“不过看当时的情况应该是故意的，王警官说这个车主还关联一个案件，也有可能是故意杀人。”

张姐他们要回呼市，先走了。

我在黄河边一直待到晚上八点多，民警也找了潜水员来打捞，但始终没有找到轿车落水的位置。

晚上十一点多，王三发信息给我，说救援队的队员把车打捞上来了，车里还有一大一小两个人。驾驶员应该是孩子们的父亲，他在驾驶员的位子上，身子扭向后座，而在后座的位子上，是一个六七岁的男孩。天窗开着，父亲的手伸向男孩，像是要努力把男孩从天窗托举出来的样子。

三嫂也从医院回来了，我在微信里问她小孩的情况。

三嫂在屏幕那边哽咽着，说：“孩子没事了，已经脱离了危险，可是受到了惊吓，估计短时间内很难恢复。他一直抱着我不让走，他妈妈、姑姑、亲戚，谁亲近他都不让，就抱着我。”

是啊，这样的灾难别说是四五岁的孩子，即使是大人，一时也很难平静。

“为什么两个孩子是和爸爸在一起，他妈妈呢？”我问三嫂。

“孩子妈妈被这男人打跑了，离婚了。早上男人不知道为啥和自己母亲也吵了起来，男人给了母亲一棒子，把母亲打坏了。他自己打的120，把母亲送到医院以后，回来看见小区里有警车，他以为自己把母亲打死了，所以害怕了，就开车拉上两个孩子来自杀。”三嫂解释说，“可能车沉下去时，他后悔了。那个小的被他从天窗托上来了，大的没来得及。”

我在这边不知道该说些什么，过了一会儿，三嫂像是自言自语，又像是对我说：“这男人，估计有抑郁症。不然，得是多恶的人才会打老婆，打自己的母亲，杀自己的孩子呢？”

情景回放：发生在黄河岸边的香车美女案

我第一次去黄河边采访王三时，恰好遇到了高新区的王警官，闲聊中得知，王三曾经协助警察破获了一件大案。

“那是发生在2013年5月10日的一起凶杀案，当时很多媒体都做了报道，你百度一下《黄河岸边的香车美女命案》，贵州卫视的《真相》栏目将事情的经过做了详细的阐述。”

2013年5月10日上午九点三十分，稀土高新区公安分局接到报警，称一辆红色轿车冲到了黄河里。

报警人是一位在附近施工的挖掘机司机，当时，司机正驾驶着挖掘机在工地施工，机头转向黄河大堤的那一瞬，司机忽然看见一辆红色轿车疯了一样冲向黄河，顷刻便没了踪影。

司机正在惊愕之时，却见一个年轻男子从黄河里爬出来，这个男子上岸后没有报警也没有施救，而是神色慌张地匆匆离开了。

上午十点，内蒙古包头市郊区的黄河岸边，聚集了大批警察，所有人都紧张地盯着水面，半小时前，一辆红色轿车冲进了湍急的黄河。

报案司机称，当时有个男人从黄河里爬出来，但他的行为比较反常，上岸后没有报警也没有施救，而是悄悄地离开了。到底发生了什么事呢？要想揭开谜底，就要将车打捞上来。

午夜时分，在当地一位老船工的帮助下，轿车被打捞了上来，车里副驾驶的位置上是一位年轻女子，已经死亡。经查，年轻女子胸口有刀伤，而且已经怀孕。

在《真相》节目里，主持人马跃嘴中的“老船工”就是王三。

“这个案子当时轰动全国，被害人是陕西人，她本打算和男友来包头商量结婚的，那辆红色轿车是她的嫁妆，谁知道婚没结成反而被男友给杀了。”王三不无惋惜地说。

原来，死者和男友是通过微信摇一摇认识的，男孩当时在陕西打工，两个人加上好友之后，聊得很投机，很快便确定了恋爱关系并同居。

女孩生前在酒吧工作，圈子比较混乱，认识的什么人都有，她和男孩同居后也经常会接到以前那些人的电话，女孩怕男孩误会，接电话时便背着男孩，不想让他知道自己以前的事情。

女孩怀孕后和男孩来到包头，商量结婚的事情。那天，又有一个男子打电话来，女孩躲到卫生间去接听电话，男孩看到后非常气愤，质问女孩那个人是谁，两个人争吵起来，女孩一气之下收拾行李开上车便要回老家。

男孩见状赶忙上车求女孩不要走，谁知女孩不听，并从车里拿出一把水果刀来，指着男孩让男孩下车。男孩一气之下夺过水果刀刺向了女孩的胸口。

鲜血从女孩的胸口涌出，男孩害怕了，他将女孩放到副驾驶的位置上，自己开车去往医院，但行至半路，女孩便咽了气。

男孩见女友死了，又怕又悔，他一路狂飙来到黄河边，开车冲进黄河，想和女孩一起葬于黄河。

这一幕，恰好被挖掘机司机看到了。

“如果没人发现，这个案子就石沉大海了。那轿车在黄河里，两天就会被泥沙埋了。”王三说。

车落入黄河的那一刻，求生的本能让男孩从天窗爬了出来，偷偷地逃走了。

当时，高新区公安分局派了很多专业的救援队去打捞，但都未果，后来他们找到王三，王三带着队员们经过几个小时的搜寻，终于确定落水车辆的位置并成功地将轿车拖了上来。

两天后，男孩被缉拿归案，“5·10黄河飞车案”宣告侦破。

“这个案子真的是多亏了王三和他的救援队。”王警官说，“王三在黄河边长大，又一直做着公益事业，发生在黄河边的一些失踪的案子，都是王三救援队协助我们破获的，比如那年的碎尸案，也是王三救援队帮助打捞的。说实话，那些碎肢，还有人头，我们看了都恶心，但救援队员们潜心打捞了半个月，将那些碎尸全部打捞上来，毫无怨言。”

第五节 王三鱼馆里的故事

收留的流浪汉

王三经营着水上游艇项目，还一年四季经营着他的王三鱼馆。在王三鱼馆里，有一个弯腰驼背的老汉，大家都叫他大侉。大侉是河北人，名叫郭茂龙，今年七十多岁了。他说，他来王三鱼馆已经二十多年了。

大侉是个光棍，没有结过婚，无儿无女。二十多年前，他从河北流浪到包头，在黄河边的煤场找了个下夜的活儿。煤场在画匠营子村和浮桥之间，煤场的主人就是杨二官。

那时候村里穷，人们除了打鱼卖鱼，便是在黄河边开鱼馆，开煤场。而所谓的煤场其实是“藏煤场”或者叫作“偷煤场”，去往达拉特旗方向拉煤的大车司机路过浮桥时就会把车开到煤场，偷偷卸下几块煤，换条烟抽或者换顿酒喝。

杨二官在开煤场的时候无意中看到大侉流浪到这里，便收留了他，让他在煤场下夜干活。

后来，黄河治理，煤场和小饭馆都被取缔了，杨二官没处去，便加入了王三救援队，和王三一起救人。

有一次，王三救人回来路过煤场，透过窗子看到大侉一个人躲在门房里啃馒头，那馒头干巴巴的，已经不知道放了几天了，而在门口的大锅里炖着一锅散发着阵阵恶臭的猪肉。

“这是哪来的猪肉？”王三捏着鼻子走进门房，问大侉。

大侉一手拿着馒头，一手拿着筷子正往馒头上抹油，他看见王三，有些脸红，支支吾吾答着：“从黄河边捡的。”

“黄河边的死猪能吃嘛！”王三惊讶地说，“快，快，扔了，臭死了，瘟猪吃了会死人的。”

王三一边说着，一边从门房里找了一个装煤的麻袋，将锅里的猪肉一股脑倒进麻袋里。

“你给我倒了，我吃啥呀？我会饿死的。”大侉见状，急了，连忙出来抢麻袋。

“树挪死，人挪活，活人还能让尿憋死？走走走，去我鱼馆，我那儿正好缺个打杂的，你去鱼馆给我干活。”说着，王三拉起大侉，便将大侉带到了鱼馆。

大侉在鱼馆一待就是二十年。

平时，大侉在鱼馆帮着扫扫院子，收拾鱼，干些杂活，吃住都在鱼馆，而王三也每月给他开工资，让他攒着将来养老。

大侉有个弟弟，也是光棍，听说大侉在包头混得不错，便常来找大侉要钱。大侉心疼弟弟，每次要钱都给，村里的赌徒见大侉老实，也常来找他借钱。

王三知道后告诫大侉，不要随便把钱借给别人，借出去的钱不好往回要，而且，那些赌徒借了钱根本就不可能还的。

大侉不爱说话，每次都点点头，表示知道了。

寒来暑往，大侉老了，他的腰弯得更厉害了，远远望去，就像一只蜷缩在一起的虾，他的腿脚也不利索了，步履蹒跚，干不了活了。

王三感觉大侉有心事，便让王春霞去问他。

“大侉，感觉这段时间你怎么不高兴呢？是不是有什么心事？”王春霞看大侉坐在院子里发呆，便过去问他。

“没有，哪有不高兴。”大侉扭过脸去，不再说话。

王春霞看到大侉眼角湿了，说道：“咱们处了二十多年，早已经是一家人了，你有啥话不能和我们说的？有啥事你就说，我们能解决的肯定帮你解决。”

大侉不说话，眼睛望着远处，也不看王春霞。

“是不是想家了？如果你想家了，就让王三送你回去。”王春霞试探着问。

“我哪有家？你让我回哪儿？”大侉要哭出声来，嘴唇抖动着说。

“没想家，那你这段时间怎么不高兴了？”王春霞又问。

大侉忍不住抽噎起来，他拿手背抹着眼泪，喃喃道：“我老了，干不了活，路也走不动了，我现在该怎么办？”原来，大侉是担心自己干不了活了，怕王三有一天会撵他走。

王春霞看出了大侉的心思，她和王三商量，该怎么办。“早就是一家人了嘛，能怎么办？他动不了了咱也养着他。”王三干脆地回答。

“那，万一老了你不要我了呢？”大侉有些不放心地问王三，毕竟自己和王三无亲无故，他凭什么要收留自己一辈子？

“二十多年了，有感情了，我心里一直把你当成自己的老人，你如果不放心，那我们就做个公证，将来给你养老送终。”王三对大侉说。

2021年，王三带大侉回河北老家办了身份证，给他交了各种居民保险，春节时，大侉脑出血住了院，王春霞像伺候自己的老人一样陪床照料，大侉出院后，王三通过民政部门将大侉安排住进附近的养老院。

大侉说，这辈子做梦也没敢想，自己一个孤苦无依的流浪汉最后会在包头这个城市安度晚年。

自杀的鱼馆厨师

王三的善良常常招来一些慕名而来的人，鱼馆厨师老五就是其中的一位。

老五也是画匠营子村的村民，和王三年龄差不多，两个人也算熟悉。

老五之前在昆区开了一家饭馆，经营了两年，饭馆倒闭了，老五便找到王三，想在鱼馆找个活儿干。

“这还不好办？你在鱼馆当厨师就行了！”王三爽快地答应了。

就这样，老五成了王三鱼馆的厨师，王三的大哥给他帮厨，还有王三的爱人王春霞、王三的二姐等，大家相处得非常融洽。

有时候王三从河边救回落水人员，就带到鱼馆，让老五给做点吃的。老五也会和大家一起安抚落水者。

有一次，王三从河里救回来一位老人。当时王三在岸边巡逻，看到大桥上停下一辆出租车，有人从车上下来。他感觉不妙，便发动汽艇在岸边守候，眼见老人从大桥上跳下的时候，王三开动汽艇向着大桥冲了过去，只是短短的几十秒，老人还没明白过来，王三已经把她拽到了船上。

王三把老人带回鱼馆，王春霞给老人换了衣服，并让老五给老人做了点吃的，等老人吃完饭，老人才对王三讲起自己跳河的经过。

老人今年八十岁了，是达拉特旗的，有一儿一女，老伴已经去世十几年了。前几年政府征地，她手里有了些补偿款，便被儿子惦记上了。一百多万的补偿款老人当时都给了儿子，女儿因此生气和她断绝了关系，儿子见老人这里没有油水可捞了，便也不管不问，拒绝赡养。老人心灰意冷，所以才打了辆出租车，来大桥上跳河。

“你这当老人的一碗水没端平，也有做得不对的地方。”老五插嘴道。

“老人再不对，当儿女的也不该不赡养。”王三打断老五的话，转头问老人，“你儿子的电话你记得不？你把他的电话给我，我给你儿子打电话，让他来接你。”

“他不可能来接我。”老人哭哭啼啼地说着，突然一把抓住王三的手，跪下乞求道，“求求你，你别让我走，你收留我吧，我没地方去，你收留我吧。”

王三没想到老人会这样，他连忙扶老人起来，为难地说：“老人家，不是我不收留你，你有儿有女，我若收留你，那成啥了？”

“可是，他们不要我了。”老人哭着说，花白的头发随着哭声不停地抖动。

王三追着老人要她儿子的电话，老人不给。王三说：“你若不给，那我就只能报警了。”

“求求你别报警。”老人着急了，说，“我留在你饭馆里打工吧。求求你，只要给我一口饭吃就行。”

“八十多岁了，来饭馆打工，你咋想的？”老五差点被气笑了。

“老人家，你想在饭馆打工，那把你的身份证给我吧，你把身份证给我，我才能收留你。”王三假装应承着，想先确定老人的身份再报警。

老人没有身份证，王三好说歹说，老人终于答应让王三给儿子打电话，告诉儿子她来王三鱼馆打工。

王三拨通了老人儿子的电话，告诉他，他母亲跳河被救了上来，让他来接她。

“让她自己打车回来，在达拉特旗丢人丢不够，还跑到包头去了！”对方狠狠地撂下了一句便挂断了电话，这一句噎得王三半晌没缓过劲儿来。

王三又给老人的女儿打电话，女儿也是同样的答复：“让她自己打车回来吧，我这忙着，没空。”

老人听见儿女这么说，忍不住号啕大哭：“看，我这是生了两个畜生啊，他们不要我，你行行好，收留我吧。”

老人在王三鱼馆待了一下午，王三无奈，只好给派出所打电话，让民警联系老人的儿子，最后把老人给接走了。

那天晚上，王三刚睡着就被电话吵醒了，王三一看，是大哥打来的。这大半夜的，大哥打电话，是鱼馆出啥事了？王三赶紧接听，只听大哥在那边着急地喊着："王三，快点，老五上吊了！"

"啥？在哪儿？"王三诧异地问。

"就在黄河边，彩钢房旁边的这棵树上。"大哥在那边答。

王三急忙开上车来到黄河边。

黄河边没人，彩钢房旁边的树杈上挂着一根绳子，看样子老五是没死成，被救走了。

王三又来到鱼馆，见老五在院子里坐着，大哥在一旁守着。

"哎呀，这是咋回事呢？下午不是还好好的，怎么晚上就寻死觅活的了呢？"王三又急又气，问道。

"你问老五吧。"大哥说，"我晚上起来上厕所，发现院子里有人正往树上扔什么东西，等我出来，人不见了，我寻思是不是下午那个老人又回来了，我就往黄河边走，结果看见彩钢房那边有人往树上扔绳子上吊呢。我跑过去一看，竟然是老五。唉……"

"你下午不是还好好的嘛，你这是为啥呀？有啥事过不去呢？"王三不知道该说什么才好。

在王三的追问下，老五终于说出了上吊的原因。

原来，老五在昆区开饭店时，沾染上了赌博，输了几十万，他把开饭馆挣的钱输光了不说，还借了十几万的高利贷，现在，这高利贷利滚利，变成了一百多万，他还不起了，想一死了之。

"你这不是害我吗？"王三说，"我好心收留你在这儿当厨师，结果你在我这儿上吊，你说你如果死了，我这儿，怎么说得清楚啊！"

“老婆也和我离婚了，我晚上喝了点酒，越想越难受，所以……”老五说话还带着酒气。

“你先睡觉吧，明天醒了再说。”王三让大哥看好老五，以免他再做傻事。

第二天，王三给老五拿了一笔钱，让他自己去做点小买卖，把他辞退了。

“说心里话，我不喜欢赌博的人，那玩意儿和毒品一样沾染了就戒不了。”王三不敢再用外人，怕这些人有赌博或吸毒等恶习，他让大哥做厨师，一家人经营着鱼馆，他则每天守在大桥下救人。

救助娃娃鱼

在王三鱼馆，可以看到很多小猫小狗，甚至还有因受伤而滞留的候鸟。

那些小猫小狗，都是村里人搬迁后丢弃的。它们无家可归，就把王三鱼馆当成了自己的家。院子里、房顶上、树荫下，或上蹿下跳，或摇尾乞怜。富有爱心的王三绝不嫌弃它们，安排人把它们一个个喂养得毛顺体肥，撵都撵不走了。

看似小事，却体现着一个人对生命的热爱和品格。

“记不清救助过多少小动物了，春天黄河边常有受伤或体弱的候鸟滞留下来，人们就送到我这里，等它们养好伤再放生。”王三说。

让人惊奇的是，他还救过一条当地罕见的珍稀野生动物娃娃鱼。而且，那条娃娃鱼被打上来两次。“说起那娃娃鱼，还有个故事呢！”王三笑着说。

2008 年的一天，王三正在黄河边巡逻，忽然听见不远处有人喊他的名字：“王三，王三，快来看看，这是什么鱼？”

王三跑过去一看，原来是打鱼的老张，他刚刚捞上来一网，不知道打上来一条什么鱼，很多人都在一旁围观。

“小鲇鱼？这也不大像啊。”老张左看右看，觉得惊奇，“我打了半辈子鱼了，也没见过这样的鱼，不知道能不能吃？”

王三也没见过。但是，王三有个原则，就是没见过的鱼，不能吃，要放生。

“尝尝就知道了。”旁边的人出主意。

“不能吃。”王三忙阻拦，道，“这鱼我也没见过，把它放了吧。”

“哪能说放就放呢，现在开河鱼多贵呀！”老张把鱼抢过去，放在鱼护里，这条鱼明显不愿意和其他的鱼挤在一起，不停地在里面翻动着身体。

王三见状，问老张：“这条鱼你打算卖多少钱？”

老张笑道：“说不定是珍贵的品种呢，咋着也得卖个三五百。”

“好的，那这条鱼卖给我吧。”说着，王三从兜里掏出五百块钱递给老张，伸手把鱼从鱼护里抱出来。

正巧，人群中有几个放生的人，王三喊住他们，让他们把鱼放进了黄河里。

时间过去了半个月。

这天，又有人喊王三。

王三过去一看，奇怪，同样的地方，同样的鱼。

“这鱼怎么又回来了呢？”王三自言自语道。

打鱼的老汉兴奋地看看鱼，再看看王三，不明白王三在说什么。

“这条鱼卖给我吧！”王三从兜里掏出一千块钱，说，“上次也有一个老汉打上来这条鱼，我给了他五百块钱，让他放生了。这次我给你一千，这鱼和我有缘，我自己养着。”

一条鱼竟然能卖一千块钱！老汉高兴地连声说道：“行，行，行。拿去，拿去！”

王三将鱼带到鱼馆，将它放在院中的池子里。

王三让爱人王春霞将鱼食撒在它的旁边，它连看也不看一眼，像是受到了惊吓，趴在池子里一动不动。

半夜，劳累了一天的王三刚刚进入梦乡，忽然被王春霞叫醒：“哎，三三，你听，什么声音？”

王三以为有人跳河，一激灵翻身坐起来，急忙问道：“在哪儿？”

王春霞连忙按住王三，示意王三不要说话，悄声道：“你听，有小孩在哭。”

王三侧耳倾听，果然，院子里传来微弱的婴儿的哭声。

“院门锁着，院子里怎么会有小孩呢？”王三觉得奇怪。

他穿上衣服，拿上手电筒，来到院子里。哭声消失了，只有月亮偷偷穿过云层，在空中移动着。

王三转身刚想回屋，哭声再次响起：“哇，哇——”

声音是从池子里传出来的。王三的第一反应就是，谁把刚出生的婴儿扔到了池子里，他赶紧跑过去，拿手电筒一照，愣住了。那条鱼正仰头望着他，发出婴儿般的哭声。

王春霞此时也跑了出来，见是这条鱼在哭，心疼起来："三三，这条鱼究竟是什么鱼啊？怎么还会哭呢？"

王三摇摇头，说："会哭的鱼我也是第一次见到。老张打了一辈子鱼了，他也没见过。"

"要不明天你找人拿到南海公园找专家去鉴定一下？"王春霞提议。

第二天，王三让发小柳占军把鱼拿到南海公园找专家去鉴定。下午，柳占军回来说，鱼被专家留下，不给了。

"凭啥留下不给了？那是我的鱼。"王三急了。

柳占军说："专家说，这鱼是稀奇物种，不能养在家里。"

"这不是明抢吗？稀奇物种就得归专家了？这鱼是我花钱买的，我想怎么养就怎么养，关专家啥事？"王三生气地指着柳占军说，"我不管那么多，鱼是你拿走的，今儿你不管想什么办法，得把鱼给我要回来。"

"要不回来了。"柳占军为难地挠挠头，说，"专家说了，这是稀奇物种，不许个人养。没收了，不给了。"

"他说没收就没收？反正鱼你不给我要回来不行，我跟你没完。"

柳占军见王三不依不饶，无奈地说："实在不行，晚上咱俩去把鱼偷回来吧！"

"也成。"王三点点头。

夜深人静，王三和柳占军划着橡皮艇，悄悄潜入了南海湖，他们很快就找到了寄养这条鱼的那个水池，愣是把这条鱼给偷了回来。

那夜，王三听着池子里传出来的哭声，一夜没有合眼。

天亮后，王三还没起床，就见两辆警车停在院门口，一个学者模样的人和几个警察从车上下来，径直朝池子走去。

“你们要干什么？”王三从屋里冲出来，拦在警察面前。

学者指着王三对警察说：“他就是王三！”

“你是王三吗？”警察问。

王三刚应了一声，一副锃亮的手铐便伸了过来。

“为啥要抓三三？”王春霞从没见过这样的阵势，她上前抓住警察，和警察理论。

“他偷了我们的娃娃鱼。”学者模样的人说。

“我偷了你的鱼？”王三气不打一处来，指着学者喊道，“明明是我的鱼，拿去让你们鉴定，你们就留下不给了，我和柳占军给拿回来了，现在你们倒打一耙，成了我偷你们的鱼了？”

“等等，究竟是咋回事？”警察有点蒙。

王三见状，一五一十地将事情的来龙去脉讲了一遍。

“原来是这么回事啊！”警察听完，说是误会。

“但是，你知道这是什么鱼吗？”警察问王三。

王三摇摇头，回答不知道。“反正这鱼我自己养着，谁也不给。”想起半夜这鱼婴儿般的哭声，王三心里就不舍。

“这是娃娃鱼，是国家二级保护动物，你养着可以，但是万一养死了，可是要坐牢的。”警察说。

王三听警察这么说，有些犹豫了。他想了想说：“那，这鱼要怎么处理呢？”

“放生吧！”警察说。

“已经放过一次了，这次又被打鱼的打上来，我才带回来自己养的。”王三说。

“它是生长在长江里的，黄河里不适合它生存，这次，我们将它放回长江里去。”警察解释道。

王三这才放心了，他将娃娃鱼交给警察，媒体还给他拍了照片，做了报道，只是那个时候，人们还不知道，这个差点被戴上手铐的人，不但救了那只娃娃鱼，还救过很多的落水者。

情景回放：我跳河你非说我放火

初夏的一个傍晚，王三在黄河边巡逻，忽然见大桥上停下一辆出租车，一个十八九岁的女孩从车上下来，从大桥上往这边疾走着。

“这女孩一看就不正常，肯定是来跳河的。”王三凭借经验判断着。眼看着女孩越来越近的身影，王三有点疑惑地想：“如果是跳河，应该是从大桥上跳下来才是，她为什么往桥下跑呢？”王三不敢轻举妄动，只是目不转睛地盯着女孩的一举一动。

天逐渐暗了下来，女孩在离王三不远处坐下来，她双手抱着肩，将脸埋在膝间，像是在哭泣。

“是遇到什么难事了吗？”王三想上前询问，又怕吓着女孩。

正当王三犹豫时，女孩将黄河岸边的杂草和干枯的葵花秆，还有树枝用火点着了。

“是烤火吗？可是天不是太冷。”王三正想着，就见女孩起身往黄河边走。

“你干什么的？为什么要放火！”王三忽然大喝一声，吓了女孩一跳，趁女孩愣神的工夫，王三三步并作两步，跑到女孩身边，一把将她拽住。

“你松手！”女孩用力挣脱着，王三发现女孩的手臂上有划伤，应该是割腕留下的道道痕迹。

“你为什么要放火？放火是犯法的，你知道吗？”王三已经断定女孩是来跳河的，但他故意装傻。

女孩试图挣脱，她伸出另一只手给了王三一个耳光，歇斯底里地哭喊道：“放开我，你凭什么管我？”

王三挨了打，一松手，女孩疯了一样冲向黄河。

幸好这里水不深，王三一个箭步冲过去，一把将女孩拽出来。

“走走走，打110，你这放火可不是小事。”王三依然装傻，故意不揭穿女孩是来跳河自杀的。

女孩见王三难缠，无奈地说：“你这个人咋回事啊？我冷我烤个火也叫放火了？你要报警就报警吧，我还怕你了？”

“咋不是放火了？你把那些烂草和葵花秆都点着了，万一刮起风来，吹到那边……”王三用手指着不远处的村庄说道，“万一刮到那边，那整个村庄不就被你点着了？”

王三拉着女孩，说要找个人评评理，他把女孩带到了鱼馆，喊爱人王春霞过来。

“这是咋啦？”王春霞进来，王三冲她说道：“这女娃在黄河边放火，被我发现后想跳河，你和她谈谈吧！”

“不是你说的那样！”女孩辩解道。

“不是我说的那样，那是啥样？你为啥这么晚了来黄河边，还点火呢？”王三转身关门出去了，把女孩交给了王春霞。他则吩咐厨师给女孩下碗面吃。

王春霞拿出女儿的衣服让女孩换上，又安抚女孩道：“孩子，你看，这是我女儿的衣服，你穿正合适，你和我女儿差不多大呢！我们知道你是好孩子，不会放火的，你是遇到啥事了，和阿姨说，看我们能不能帮你。你可千万不要干傻事啊！”

女孩听王春霞这么说，忽然明白了，王三原来早知道她是来自杀的，他谎称她放火把她带到这里，是在救她，她的眼泪忍不住大颗大颗地滴落下来。

“孩子，你怎么这么傻呀，啥事不能解决，要伤害自己呢？你们这个年纪，大不了就是因为恋爱，因为学业，可是你想过你的父母吗？他们含辛茹苦把你养大，如果你想不开，自杀了，你让你的父母怎么活呀！”

女孩不说话，王春霞抚摸着女孩的头发，继续说道：“我也见过一些像你这样年纪的女孩因为失恋而跳河的，有的被救上来了，有的没救上来。没救上来的，那父母哭得都要死过去了，可是，再哭，也活不回来了。”

“阿姨……”女孩抱住王春霞，大哭起来。原来真被王春霞说中了，她失恋了。

“傻孩子！”王春霞给女孩擦着眼泪，说，“为什么要用别人的错误惩罚自己呢？你还小，以后经历的还多着呢，没有经历你怎么成长呢？等你大学毕业了，工作也稳定了，自然会有更好的男孩来爱你，和你结婚。”

王春霞劝女孩的时候，王三给女孩端来了面，他们看着女孩将面吃光，然后问女孩家住哪里。

王三担心女孩依然想不开，便给女孩的父母打电话，让他们将女孩接了回去。

救人还挨了打，女孩的父母有些过意不去。

“没事，只要孩子没事，挨打也值得。”王三憨憨地笑笑。

王春霞心疼地看着王三，其实因为救人挨打，这已经不是第一次了。打耳光、被咬是常事，甚至还有拿出刀来威胁他的。

第二章　王三黄河水上救援队

第一节　杨二官的一天

一

凌晨五点钟刚过，当大多数人还在夜与日交替中熟睡的时候，值班的杨二官像往常一样在这个时间就起床了。

洗漱完毕，他喝了几口水，查看了一下电脑监控，吸完一支烟后，便穿上救生衣，配好对讲机，走出了板房的门，开始沿河边巡查了。

无论春夏秋冬，很多年了，杨二官都一直保持着这样的作息习惯，无论是在黄河边，还是在自己的家中，这也成了他的一种生活方式，尤其是2013年加入王三黄河水上救援队以后，更是如此。

6月底的清晨，气温不高，阵阵微风吹来，鼻口间沁入湿润的泥土气息，感觉像是甜的，很是舒适。

前些日，几场大雨已使黄河水上涨了不少，水面也宽泛了许多。新桥下，湍急的河水旋转着抚过桥墩，头顶的桥上间或有几辆汽车驶过，水声、车声也算是向他发出早安的问候吧。不远的景观道上，一些喜欢运动的人在东方已泛白的背景下骑行……

杨二官沿河边缓缓走着，不时甩甩胳膊踢踢腿儿，进行简单的晨练活动。他年轻的时候在他们画匠营子村里当过民兵，现在虽然年过七旬，但身体还是很硬朗。

杨二官五六岁时随父母从黄河南岸的伊盟王爱召来到黄河北岸的画匠营子村，在他的印象中，当时村里只有几十户人家，房子是高矮不一的土坯房，村里全是土路，遇到刮风下雨尘土飞扬泥泞不堪。

听老一辈人讲，这里早先是蒙古王爷的营地。后来，一位姓焦的画匠到各地采风，路经此处，被这里天高云淡、鱼翻藻鉴、水鸟蹁跹的自然美景所吸引，索性在此定居下来，村庄由此逐渐发展、繁衍，后人便将这个村子叫作画匠营子村。

村子紧邻黄河，每年都会发生落水事件，善良淳朴的村民，包括在河边经营小煤场生意的杨二官在内，都会及时伸出援救之手。所以，几乎村里家家都有过救人的经历。

随着时间的推移，国家开始加大了黄河流域环保治理工作，着力打造沿黄生态廊道，为此，包头市政府取缔了河边经营的各类摊点，河边的污水处理厂实施了整改提质增效工程。隶属于市共青农场农垦集团的画匠营子村也因土地被征用，村民们全部搬迁到了不远的万泉佳苑，住上了新楼房。而杨二官也正式加入了由本村村民王三组建的王三黄河水上救援队，专职做起救援的工作。

如今，眼前这片了如指掌的小小黄河区段的环境，已经有了巨大的改观。作为救援队里年纪最大的一名队员，虽然因年龄原因不能下水救人了，但是依然可以在岸上做一些辅助工作，可以进行指挥。他坚守在黄河岸边，对“救援”这份工作难以割舍，因为对他来说，救人是一种本能……如今，一天不去巡河，他就会觉得心里空落落的，干啥都不自在。

二

“杨总，杨总，有人跳河了！快点！在旧桥这边！”对讲机里头传来住在旧桥那边板房里的二东发出的急促的呼喊声。“杨总”是救援队全体成员对杨二官的尊称。

“我这就过去！”杨二官边回复，边向西边旧桥方向疾步走去。隐隐约约间，他看到停在岸边的一艘快艇已经启动，并向河中急驶……没走几步，杨二官心急，于是快跑起来。跑出去十多米，忽然，脚下被一个硬东西绊了一下，杨二官向前飞了出去，扑倒在地。手机和对讲机跌落在一边，右腿膝盖碰到了一块大石头上，一阵钻心的痛感传遍了全身。杨二官眼前一黑，险些晕厥过去。

过了几分钟，跌落在不远处的对讲机又传来了“杨总，杨总”的呼喊声，那是二东的声音。杨二官定定神，强忍疼痛爬了起来，顾不上拍拍满身的泥土，踉踉跄跄地挪过去拾起对讲机告诉二东自己的情况。

通过对讲机，杨二官得知跳水的人已经被二东用长竿及时搭救上来了，并在两位好心的打鱼人的帮助下扶到了旧桥的值班室里，身体并无大碍。

听到这个消息，杨二官的心情一下子放松了许多，但钻心的疼痛又让他坐在地上，他缓缓地抬起腿，应该没有骨折，还能够动弹，他咬着牙站起来开始四处寻找自己的手机。

终于，杨二官在不远的一处路洼里找到了手机，不过手机屏幕已经摔碎了。

杨二官慢慢挪坐在路边，轻轻把右侧裤腿卷过膝盖。此时天已大亮，膝盖处肿得像馒头一样，被石头割破处有鲜血流出来。

这时，救援队队长王三已闻讯赶来，见状紧张地问："杨总，怎么了？怎么了？"

杨二官淡淡地说："跑急了，摔了一跤，磕到膝盖了。"说着，他扶着王三的胳膊站了起来，想走，但还是疼。

王三忙说："走，我送您去医院。"

杨二官停顿了一下，想了想说："不了，现在正是游览旺季，来河边的人多，咱们人手又少，照顾不过来呀，你还是组织大家好好巡逻吧，不用人陪我，我自己能去。"

王三又反复劝说了好几遍，杨二官一直在坚持，于是王三点了点头，突然又想到了什么，急忙从随身带的小包里取出一千元钱塞到杨二官的手里："杨总，拿上这些钱。"

杨二官点点头，脱下救生衣，将对讲机交给王三，默不作声地将钱收下了。一会儿看病确实需要钱啊。

"好吧，扶我到那边18路车站吧，我坐公交车正好可以到医院。”杨二官说。

“杨总，那可不行。您都这样了，况且 18 路车上小偷那么多，您带着现金不安全，一定要打车去。”王三口气坚定地说。

三

出租车稳稳地停在了东河铁路医院门口。热心的司机给杨二官开了车门，扶他进了门诊大厅，交给了导医护士。杨二官连说了好几声“谢谢”，司机笑了笑，摆摆手就走了。

此时导医护士已推来一辆轮椅，坐在轮椅上的杨二官暂时好像忘记了腿上的疼痛，心中一股暖流油然升起，不知是因为司机的热情，还是头一次坐轮椅的待遇。

挂了号，导医护士把杨二官推到了骨科诊室门口便匆忙返回门诊大厅了。还好，在他前面只有两位排队的病人。当他坐在诊室里，缓慢地简述自己受伤过程的时候，那位在查看他伤势的女医生，用略带怀疑的眼光上下打量着身上沾着泥土痕迹，面容有些黝黑的杨二官，然后开了一个拍片的单子交给他。

望着一瘸一拐即将走出门的杨二官，女医生转头对身后的实习医生说：“你扶着这位大爷去拍片吧，安排个绿色通道，就说是我说的。”

四十多分钟后，当杨二官再次坐在女医生面前时，医生脸上已经露出了几丝笑意。她仔细看过片子后，语气柔和地说：“大爷，您的骨头没什么事情，只是您的软组织受伤较为严重，我给您处理包扎一下外伤，再给您开些止痛消炎口服药，您回去需要静养，多吃点好的补一补。”

那位陪他拍片的实习医生要扶杨二官去取药，杨二官摆摆手，但架不住女医生和实习医生的坚持，便同意了。

在取药的路上，实习医生对“杨二官”名字的由来产生了好奇，问道：“大爷，您的名字怎么叫二官呢？”

杨二官边走边嘿嘿一笑，说道：“我们农村人，没什么文化，我在家排行老二，父母希望我长大后能当个官儿，所以就起了这个名字。”

在实习医生抿嘴笑的时候，杨二官又补充道：“可惜啊，到老了，我也没当上个什么官儿啊，让父母失望喽。”

听后，实习医生哈哈大笑起来。没走几步，实习医生接着又问：“您下河救人，家里人不担心吗？”

杨二官略微停了一下，看看身边的这个年轻人，说道：“我每天在河边，家里人不担心是假的，孩子们时刻叮嘱我下水时一定要小心。年轻时，每年五一一过我们就开始耍水。水冷，不注意，有了腿爱抽筋、关节痛的毛病。现在年岁大了，这些年不下水了，就在河边帮帮忙啊、指挥指挥……”

“那您就让被救的人给您些补偿啊，不能白救啊。还受了伤！”实习医生快人快语地说道。

杨二官摇摇头，笑了笑，说：“咱们救人不是为了钱，能搭把手就搭一把呗，不幸受伤下次注意就行了。”

挥手与实习医生道别时，站在人来人往的医院门口，暖暖的日光迅速包裹了杨二官的全身，那一刻，他忽然感觉膝盖好像真的不疼了……

四

走出医院大门的杨二官猛然间想起还有一件重要的事差点给忘了，那就是应该去修修手机。他向两位路人打听，都说北边不远处商贸大厦那边有集中维修手机的摊点。

杨二官心想，若是平时腿脚好的时候，即使稍远一点儿的距离，他也一定会走过去的。但如今这个状况了，只能是再次打车了。

当杨二官立在路边，张望对面手机维修点的时候，他下意识地用手握了一下兜里剩余的钱。“看病买药花了三百多，兜里还剩六百多，商贸城这边小偷多，可不能把钱给偷了。”

杨二官心有余悸，不敢往前靠，前面人多。等了一段时间，人少了，他才慢慢来到他认为比较面善的一位摊主前，递上自己的手机。

摊主反复看了看，又拿什么仪器给检查了一番，告诉他：没什么大毛病，简单处理一下就行，但摔碎的屏幕必须得换了。

“那，总共得多少钱啊？”杨二官有些吞吞吐吐地连续问了两遍。

“这个嘛，我算一算，修理费，还得换个屏，对了，你是要原装的屏幕，还是要普通的？”摊主抬头问正向前探着身子朝向自己的杨二官，然后低下头后又迅速抬起头来，这次目光长时间地停留在了杨二官的脸上。

杨二官没在意，毫不犹豫地回答：“就普通的吧，能用就行了呗！这本来就是旧手机，别人不用换下来给我的。”

摊主没有接杨二官的话茬，还是呆呆地看着杨二官，几秒钟后，摊主突然问道：“您是黄河边那个什么救援队的吧？”

杨二官一愣，本能地“嗯”了一声，对方接着说：“那年夏天，我们一家到黄河边上去玩，恰好遇见了你们几个人从河里救上来一个女的，我在现场见到过您，印象很深，尤其是您的那两撇小胡子。”对方停了一下，接着说，“听说你们是什么救援队，常年在那里救人，已经救了好多人了。一群好人哪！”

杨二官听了，一边笑了笑，一边有些不自然地摸了摸自己的胡子，平静地说道：“我们叫王三黄河水上救援队。谈不上什么好人，遇到了搭把手救上来，应该的，谁遇到都会这么做的。”

摊主摇摇头，问道：“您这手机是怎么摔的？”于是杨二官就把早上发生的事情简单说了一下。摊主轻轻叹了一口气说：“看您瘸着腿走过来，手里还拎着片子和药，我还以为您是被别人撞的呢。没想到是救人受的伤，还搭上手机……算了吧，这修手机和换屏就不要钱了！”

这时他俩的周围已经围了不少人，也有了小声议论声。杨二官直说：“哪能呢，哪能呢。”但是推让了几次，摊主就是不收钱。

五

修好了手机，杨二官看了一下时间，已经是下午一点多了。

杨二官这时才感觉到又渴又饿。他环顾了一下四周，发现不远处有一个面馆，于是他微瘸着腿，慢慢地走了过去。

面馆比较干净，八九张桌子，只有两张桌子有人，一桌是一个年轻男子背对着门在那里低头吃面，另一桌是一位颇有些气质的老妇人和一个年轻女子领着一个小男孩在等着吃面。

杨二官选择了一进门临窗的桌子坐下，一位个头不高、身材微胖的中年男子走了过来，把茶壶和一副餐具熟练地摊在杨二官面前，用略带生硬的口气问道："吃点什么？"

杨二官看了看墙上的价格表，迟疑了一会儿说："拼一盘凉菜吧，再来一瓶普通雪鹿啤酒，还要……一大碗面吧。"

中年男子见杨二官不再点什么了，转身便回到了吧台里。

凉菜上来了，啤酒倒在杯子里，杨二官没去想那腿伤的事情，夹了一筷子菜放入口中，之后惬意地一仰脖把啤酒倒入干渴的喉舌间……热气腾腾的面上桌了，杨二官慢慢地边喝边吃，脑海中回想着一早救人、看病、修手机的场景，救人这么多年这也是头一回有这样的经历呀，不免对着窗外淡然地笑了几下。

也许真是饿了，没多久，桌上就只剩光光的碗盘了，杨二官展展腰，习惯性地挠了一下头，捋了下胡子。该结账了！中年男子走了过来，说一共消费了十四元。

杨二官"噢"了一声，伸手向裤兜里掏钱，咦？没有！那个兜，还是没有！除了手机在，翻遍全身，都没有！他再看看装药的塑料袋，看看装片子的塑料袋，满眼全是失望。

杨二官急出了一头汗，怎么回事呢？！刚刚修手机的时候钱还在啊，怎么这个时候就没了呢？自己掏兜掉出来了？杨二官又弯腰由远及近地仔细地搜寻了一下面馆的地面，没有啊！那一定是被偷了！防了半天还是……可在哪儿被偷的呢？

对，一定是在修手机那儿被偷的。当时好心的手机摊主没要钱，杨二官记得自己从围观的人群中穿出来的时候，有一个人与他对面碰了一下，好像还听到那人说了声“对不起”……唉，真是防不胜防啊！

中年男子不耐烦地又说了一遍：“十四元。”

杨二官抬头现出了一脸窘相，说道：“不好意思，我的钱被偷了，身上没有钱。”

中年男子不屑地说：“手机微信上没有钱吗？”

杨二官挠挠头，说：“没有，我的手机是别人不用的旧手机，没用过微信。”

紧接着，杨二官赶忙表明了自己是黄河边王三救援队的队员，又简述了一下今早救人受伤、看病、修手机被偷的过程，然后指了指放在桌上的片子和药，同时表示下次上街到这里一定把钱送过来。

这时旁边刚进来的一位顾客说道：“留个电话，回去让家人用微信给转过来也行嘛！”中年男子没有理会那人的话，继续上下打量着杨二官，轻蔑地说道：“装啥装啊，你们这种人，我见得多了，没钱还来吃饭？还假装是救援队的，救人受的伤，骗鬼去吧！既然没钱，那就先把手机押在这里，回头拿上钱再来取手机。”

杨二官呆呆地站在原地，心里感觉受到莫大的委屈和侮辱。他还想说些什么，但张了张嘴又说不出来。手机押在这里，可手机随时需要用啊！给救援队打电话，可距离又有些远。

正当杨二官处于踌躇两难之际，旁边那桌的年轻女子走了过来，递上了二十元钱，并说：“我妈让给您的，拿着吧！”杨二官摇着头，转身看向那桌的老妇人，那位颇有气质的女人也向他点了点头。

年轻女子把钱放到杨二官吃面的桌子上，转身回去了。杨二官迟疑了一下把钱递给了中年男子，中年男子也迟疑了一下，有些脸红地收了钱，并快速地找了六元钱给杨二官，假装去招呼其他顾客了。

杨二官拿上找回的钱，上前迎上即将出门的老妇人，在说着“谢谢”的同时，把六元钱递给了她。

老妇人平和地笑了一下说：“出门在外，谁还没有个难处呀，互相帮助就行了。”

杨二官说：“这剩下的钱给您。您给我留个电话，到时候我把钱还给您。”

老妇人说：“不用了，回去坐车用吧。”

杨二官急忙说：“回去坐车时肯定能碰到我们村里人的，到时候他们会给我付钱的。”

老妇人笑着说了一声“拿着吧”，就头也不回地和年轻女子带着小男孩走出了面馆的门。

六

18 路车如今换了新车型，现在的乘车环境与安全度已经比从前大有改善了，这让久未走这条线的杨二官安心了许多，不过他手里还是紧紧攥着买完车票剩下的四元钱。

为了救人自己受了伤，借钱去看病，钱竟然被偷了，吃面被老板误认为是骗子……杨二官坐在靠窗的位子上，望着窗外，想起这一天发生的事情，心里百感交集。幸好还有那热情的司机，医院的女医生、实习医生，修手机不要钱的摊主，和最后帮自己解围的老妇人。

杨二官心里想着——自己从小生活在淳朴的画匠营子村，深受村里人的影响。曾经很多人对他们的行为产生了许多误解，并且多次有人问过自己：你们无偿救人到底是为了什么？图个啥呢？值不值得？其实也没什么，就是觉得这是自己应该做的，这是每个人的本分，一个人的良心，就这么简单。

实际上，杨二官也曾动摇过，但是每当看到被救起的人，一个家庭被挽救了，那真是激动啊。都说救人一命，胜造七级浮屠，这三十多年来，他跟着王三黄河水上救援队已经救了几百人了。几百条性命，几百个家庭啊！还有什么比这更有意义的呢？

“今天虽然受了伤，又丢了钱，但还是遇到了好人啊。今天的经历不就是很好的证明吗?！好人多了，我们的社会就一定会好起来的。”想到这里，杨二官将紧紧攥着钱的手轻轻放开，脸上露出欣慰的笑容……

第二节　岳贵福：家住“南海五村”

一

2017 年 2 月 20 日，新的一周开始了，包头市公安局高新区分局刑侦大队接到 110 报警称，有一位打鱼人在黄河景观大道画匠营子村的一处排污池岸边捡到了一个人的断臂，同时还看到池内漂浮着好像是尸块的东西。

接警后，警方迅速赶往现场，经过仔细打捞发现，漂浮的东西是一具业已缺失了四肢和头部的人体躯干。该躯干被捞上岸时已经显现出了一定程度的腐烂。

经过调查、现场勘查、尸检等工作，警方确定这是一起杀人碎尸案。那么，除了现场打捞的部分尸块，其余尸块又会在哪里呢？

经初步勘查后警方发现，漂尸的排污池旁边有一条直通黄河的排污渠，如果其余的尸块被冲进了奔涌的黄河，那肯定会大大增加搜寻打捞的难度，进而会阻碍破案的进度，会出现这样的情况吗？

于是，警方开始了周边的走访与调查。从市水文站了解到的情况，当时黄河水位明显要高于排污池的水位，所以从表面上看，污水是流向黄河的，但事实上又会因水位落差的问题从水底下“回流”

回来。因为常年排水，所以排污这片区域是不结冰的。据此断定，其余的尸块应该分散在排污池周边约二百米的范围之内。

在锁定了其余尸块可能流向的范围之后，警方迅速组织专业救援队开展打捞工作，但天公不作美，未承想第二天就遇到了一场大雪。瑟瑟的寒风呼啸吹过，雪花漫天飞舞，大地披上了银色的外衣，把光秃秃的四周也都染成了白色的世界。整个河面被冻得硬硬的，只有排污池那一片区域冒着薄薄一层水汽。在如此恶劣的天气条件下，警方并没有放弃打捞工作，经过坚持不懈的努力，最终在3月20日又打捞到了头颅、左臂、右腿等尸块。

震惊包头市的“2 · 20”杀人碎尸案，是近年来罕见的一起杀人碎尸案，也是近年来作案手段极其残忍的一起案件。由于该案件性质恶劣，社会影响面大，一下子就引起了各级相关部门的高度重视，内蒙古自治区公安厅将此案列为挂牌督办案件，包头市警方也迅速成立了“2 · 20”杀人碎尸案专案组，抽调侦查、法医、DNA、痕迹等专家和青山区、东河区等刑侦部门精干力量集中展开深入调查与侦破。

通过DNA检验比对等手段，警方最终确认，死者李某某，包头人，小名二强，1985年出生，家住东河区南海五村住宅小区，平时以开摩托车拉客谋生，为涉毒人员。实际上死者父亲曾于1月22日上午十一时五十一分到辖区民航派出所报过案，说自己的儿子于1月8日以后就再没了音讯，失踪时其身穿蓝色羽绒服、黑色裤子，身高一米六左右。这些信息给全力破案的警方进一步确定第一案发时间提供了有利的线索。

尸源身份的确定，对于杀人碎尸案件的侦破具有决定性的意义。在抛尸现场，警方未发现与被害人身份有关的任何物品。案发后，警方在第一时间发出了协查通报，并根据死者的身份对他的社会关系展开了一系列的细致梳理探访……

二

时间：2017 年 3 月 × 日

地点：包头市稀土高新区刑事侦查大队讯问室

笔录内容：

问：你好，我们是稀土高新区刑事侦查大队三中队的民警，我叫 ×××，旁边这位叫 ×××（出示工作证件），今天请你来这里是协助调查一起杀人碎尸案件，希望你能如实回答我们的提问，并对你自己所说的话负责。对于与案件无关的问题，你有拒绝回答的权利。你听清楚吗?

答：听清楚了。

问：是否申请在场有关人员回避?

答：没有。

问：你的个人基本情况：姓名、曾用名、性别、出生年月、身份证号、民族、文化程度、政治面貌、工作单位及职务、联系方式。

答：我叫岳贵福，没有曾用名，男（还用说吗?！），出生于 1966 年 × 月 × 日，身份证号码（记不住，我身上带着呢，我给你们念吧，150×0×1966××××××××），民族汉族，高中毕业，政治面貌群众，在西边阿吉拉铁路包西车辆段工作，现在内退不上班了，联系电话嘛：138××××××××。

问：你的家庭情况，家庭住址，谈一下你的家庭成员及主要社会关系。

答：我一家五口人，老婆早几年从铁路服务公司退休了，儿子在铁路机务段上班，儿媳在东河××街道社区工作，有个四岁多的孙子。我的父母都八十多岁了，现在跟退休的姐姐一起生活，在东河区南一街。还有一个弟弟，在山东青岛成家立业了。我现在和媳妇住在东河区南海五村住宅小区2号楼×号。

问：你以前是否受过行政、刑事等处罚或者被劳动教养过、强制戒过毒？

答：这个……可没有。

问：你知道前些日“2·20”杀人碎尸案吗？

答：知道啊，包括我在内，我们王三黄河水上救援队的人还参与了打捞被害人尸体的过程。

问：现在被害人确认为是李某某，家住在你们南海五村小区。你认识被害人吗？（展示被害人生前照片）去过他家吗？有过交往吗？

答：我家住在南海五村小区2号楼，他家住在斜对过的5号楼。从我家就能看到他家的窗户。虽然住得这么近，出出进进的，但我不认识他，也没去过他家，更没有什么交往。出了这档子事以后，才知道有这么一个人，在别人的指点下也才知道哪扇窗户是他家的。听说死的这个人还是个“料子鬼”（吸毒），开摩的的，别的就什么都不知道了。

问：你知道你身边的亲戚、朋友、同事，谁与被害人认识，或有过来往？

答：（想了半天，摇摇头）没有，肯定没有。

问：能回忆一下元旦后到 2 月 20 日前，你都去了哪些地方？干了哪些事儿吗？

答：（挠挠头）……我这个人记忆力不太好，时间有些长了，真的……想不起来了，不过是春节前后嘛，今年是 1 月 28 日大年初一，就在包头家里和东河区这些地方，看看父母，一大家子人团聚团聚，冰天雪地的，哪儿也没去，只是去了几趟河边嘛，因为我是王三黄河水上救援队的队员，要时常去河边巡查、救援的。

问：你是哪年加入王三黄河水上救援队的，为什么要加入呢？

答：应该就是救援队成立的那年吧，想一想，具体时间……噢，2013 年 4 月份吧。当时还在单位上班的我没事爱来河边溜达，偶尔钓钓鱼什么的，因为家离黄河比较近嘛，在这个过程中，我就目睹了好多次王三他们救人的事情，很受感动，于是主动接触王三，一来二往的，大家熟悉了，我没事也搭把手帮忙救人，因为咱们的心中自小也一直存有一颗做好事的种子，所以我就加入了。现在内退了，不上班了，更是把河边救援这项工作当成了自己的另一份光荣的职业，也想为自己的退休生活增添一点……色彩吧（岳贵福乐了一下，脸上洋溢起了一丝笑容），嗯，剩下的没有什么要说的了……

问：车牌号蒙 B-××××× 的车是你的车吗？哪年买的？

答：是我的车，正式加入救援队以后，2014 年买的。

问：这辆车就你一个人开吗？别人开过吗？

答：（迟疑了有半分钟，想了想）没有，一直是自己开的。

问：看看记录的和你说的一样吗？如果一样，就在最下边签个字，按个手印。

答：一样。（岳贵福详细看了一遍，签字按了手印）

当盘查讯问结束的时候，恰巧救援队队长王三打来一个电话，在问了笔录是否完事之后，告诉岳贵福，刚刚在新桥那边又有一个跳河的，救援队知道信息晚了，赶去救上来那个人已经没气了，可惜了！岳贵福听后猛地拍了一下大腿，发出了大大的一声叹息：唉！

刚起身的两位民警有些惊讶地看着岳贵福，问："怎么啦？"岳贵福张张嘴，欲言又止，停顿了几秒，对着两位民警苦苦地笑了一下，说道："没，没什么事儿！"

走出刑警队的岳贵福心里想，刚才那一巴掌拍的就是无奈与心痛啊！接通知一早来刑警队，值班人员说，昨晚相关警察办了一宿案子，刚睡，现在还在休息。岳贵福说那我先走，过会儿再来，对方不让，必须等着，这样一等就一个多小时。

岳贵福心里有些不高兴，救援队就那么几个人，还分了旧桥新桥两块，今天本该自己在河边值班，如果不来做笔录，如果能早点开始，没准能第一时间把那个人救上来。

三

案件破了，“2 · 20”杀人碎尸案专案组在实地勘查、尸体检验的基础上，先后调取监控视频一百多段和卡口信息近两万条，调查走访群众近两千人次，传唤和审查各类重点人员四百余人，制作调查笔录五千余页，相继收集信息线索二百八十余条。

破案过程中，专案组经过认真审查，分析研究被害人日常活动规律、家庭背景、人际关系及收入情况，一步步排除了情杀、仇杀、债务纠纷等可能性，最终认为被害人被抢劫杀害的可能性极大。

此时，死者父亲不经意间提及的一件事情引起了警方的高度注意——死者父亲的一张低保卡找不着了，警方立刻拿着老人低保卡的信息来到银行进行查找核实，然而却被银行告知，这张卡因为连续多次输入错误密码已被冻结了。当银行工作人员调取自动取款机前的监控录像时，一名可疑的男子进入了警方的视线。

通过查阅可疑男子所骑摩托车车牌号的登记信息，警方立刻锁定了有重大作案嫌疑的王某某。经查证，他和死者李某某结识于南海五村住宅小区的一家麻将馆。虽然二人之间并没有产生过什么矛盾，但经过专案组研究，警方于 3 月 30 日二十二时三十分在东河区家中将犯罪嫌疑人王某某带回审讯室进行了讯问。

通过突审，犯罪嫌疑人王某某对杀害李某某并碎尸抛尸所犯罪行供认不讳，并交代了具体犯罪事实：王某某以前一直在外地做生意，生意亏本借了不少外债而且无力偿还，回到包头后，偶然的机会认识了刚刚拿到因自家土二楼拆迁而得到五十万元补偿款的被害者李某某。因为急于想要弄到李某某手中的这笔巨款，于是1月10号中午王某某借用陌生人的手机将开摩的的李某某约了出来，请他喝酒，将其灌醉后，强行将李某某带到自己事先准备好的出租屋内，进行逼问。但是醉酒的李某某没有告诉王某某银行卡的密码，这让缺钱的王某某感到特别恼火，当时受害人李某某说的一句“不服就杀死我啊”的话更是激怒了王某某，一气之下，王某某就把李某某给活活掐死了。后来，王某某为了藏匿尸体，隐藏罪证，将尸体肢解分装后，趁着天黑来到了黄河岸边寻找合适的抛尸地点。因为当时是冬季，包头的黄河整个都结了冰。惊慌失措的王某某深一脚浅一脚地焦急寻找着，终于找到了一处向黄河流淌的活水，于是就将尸块抛入了水中……

初春的一个下午，王三黄河水上救援队队员们一如既往地关注着刚刚开河的水面上和河边玩耍的游客。

王三对站在边上，身材魁梧、寸发、戴墨镜，手里拿着一个保温杯的岳贵福说道：“岳老，上午高新区刑警队的队长来了，其中一件事情就是对让你去做笔录的事表示歉意，怕你心里感到冤枉、委屈。他说杀人碎尸案后，紧接着2月25日南海五村住宅小区，还是这个5号楼又发生了一起一家三口被杀的灭门惨案，一个地方接连发生大案，可想而知，他们的压力巨大啊，希望你能理解。”

岳贵福淡淡地笑了一下，说道：“理解理解，人家那是正常工作，配合公安机关进行调查，是我们每个公民的义务嘛，再说谁让咱住在老出事的‘南海五村’呢?！”

旁边的一个队员上来凑趣地问：“笔录时，是不是把你给固定在那个椅子里铐住了双手？”

“那倒没有，是让我坐在了靠墙临近角落的一把小凳子上，挺给面子的。起初按密码锁进讯问室的时候，我还真以为要被铁圈子铐住坐在你说的那种椅子上呢，如果那样我可不干了，我又没杀人，平白无故怀疑我干什么？我们是做好事的，能积极配合做调查就不错了。”岳贵福挺了挺脖子说。

又一个队员调侃地问道：“岳老，你怎么就被警察‘盯上’了呢？”

岳贵福喝了口保温杯里的水后，回答说：“应该就是在我们帮助打捞尸体那几日。有一天捞了挺长时间，天冷，警察说到我停在路边的车上休息一下，于是我就给他们开了车门。稍晚些时候，我准备开车回家，发觉车上好像被翻过，等我到家后锁车，发现车上地板的卡扣也开了，地板被掀起过，我猜可能是那些警察干的。记得出了这个杀人案，警察就把南海五村小区5号楼整个都围着详细查看，包括下水井一个个都掀开检查了。”

“是啊！在你车上休息的警察偶尔翻看了你的驾驶证，突然发现你和被害人住在同一个小区里，出于职业的本能，警察对你的车进行了勘查，看看车上有没有什么被害人遗留的物证和血迹，同时怀疑你是不是来假装帮忙，实际上是来探听风声的。因为跟他们比较熟了，上午队长来的时候也只言片语地告诉了我这些信息。有意思，岳老差点被‘抓’起来了。”王三笑着说完，重重地用手掌拍了一下岳贵福的后背。

“‘抓’起来你可得去‘捞’我啊！”岳贵福冲着王三说道，停了没两秒，他好像想起了什么，“队长，案发那天，你给我打电话，我着急开车赶来，就在前面那个丁字路口直着开过去了，第二天接到一条信息——闯红灯，扣六分，罚款两百元。多年的老司机还从未犯过这种憋屈的错误，这个我还没找你报销呢。”岳贵福有些“委屈”地看着王三。

“过去这么长时间了，还报什么销啊?！请你吃鱼、喝酒吧，算是顶了……”王三笑着说。

“我自从参与救援工作，从来没抽过被救人他们的一根烟，也没收过他们的一分钱，这回嘛，一定得抓住这‘鱼’和‘酒’，让队长破费破费，大伙说好不好?！”岳贵福看着身边的众人说道。

“好……”一阵笑声惊起一群鸥鸟，它们鸣叫着，奋力扇动着翅膀向着远天飞去。

第三节　张军：敬畏黄河

一

2022 年 3 月，一个春日的下午，阳光正好，风也徐徐。

画匠营子村的黄河岸边，我坐在王三黄河水上救援队观测点的凉棚下，伴着冰面下静静流淌的河水开始和张军聊天。

这是我们第一次见面。

那天，他不值班，因为接到队长王三的电话说，有人要采访他们，于是他就来了，不过他“出场”的方式不一般，可以说是很特别吧。见到他时，他上身穿一件天蓝与荧光绿搭配的摩托车骑行服，下身穿一条深灰色骑行裤，脚蹬白色摩托靴，很有些扎眼，也很阳光帅气，英俊时尚，富有一股活力。一辆颇有气势但叫不上名字的越野摩托车停在不远处板房门口。他介绍说，自己爱好越野，是蒙风越野摩托车队的。

“您的摩托车骑行时一定很拉风吧，从您这一身行头就可窥见一二啊！年轻人都比不了您！”我赞叹道。

“过奖啦，过奖啦。哪那么拉风啊！只是一种从年轻时就有的喜好罢了。”张军笑着谦虚地摇摇手，接着说道，“我在九原区居住，是搞修理的，我是蒙风越野队年岁倒数第三大的，虽然已经五十多岁了，但没什么害怕的，别开太快就行了。”他边说边伸出三个指头比画了一下。

“家里人不担心吗？”我问。

“好像从来没有过。这么多年的爱好了，结婚时就有，到现在也没有轻易放弃。媳妇管不了咱，索性也就不管了，不过时常嘱咐我注意安全。我有一儿一女，都已自立成家了，他们对老爸的这个爱好都觉得很棒，支持的态度，因为他们知道我能从这里找到快乐。”

只要一打开话匣子，张军那富有磁性的语音便在耳边飘荡。他爱说，也比较会说，但不抢话，也不过度地夸张，对事情他很有观察力，也能很形象生动地描述出来。我感觉，他有点说书人的味道。

张军缓慢地抽着烟，一点一点地开始回忆——

那是发生在2020年5月18日大约下午两点钟左右的事情：

我们从达拉特旗南边穿沙回来，刚吃过午饭，就听有人说黄河边有辆汽车冲进水里了，于是我便骑摩托车迅速来到了河边事发地点。当时现场已经聚集了不少人，有围观的，也有几人在忙前忙后进行救援的。我停好车后走到近前，恰好看到一个中年妇女正坐在一辆敞开门的车座上，一只手抱着一个脸朝下、全身湿漉漉的小男孩，另一只手有节奏地拍打着小男孩的后背，妇女的裤子上也已经湿了大片（之后才知道，那主要是小男孩无意识尿的），旁边一位个子不高、皮肤有些黝黑的男子在不停地忙着（这个人就是我急于想认识的好人王三，只是当时还不认识）。人群中，有人说，这是刚从河中救上来的孩子。我屏住气息，仔细观看，不一会儿，就见不停往出吐水的小男孩哇的一声哭出了声来，脸色也由刚开始的绛紫色变成了黄白色，孩子得救了，活了！这下可好了！站在一边的我也长出了一口气。之后中年妇女立马坐车把这个孩子送往了医院。不过听现场的人说，河里的车中还有人呢，王三和他的救援队正对河中的车辆和人员实施紧张的救援。实际上，我来河边事故现场，不是为了凑热闹，而是想见到一个人，就是早就听别人说的“好人王三”。这一次，我如愿以偿地在大家的指认下，确认了刚才车前那个帮忙救小孩的男子就是王三，而那时他又开始在河边忙前忙后地指挥着岸边和河中船上的其他人救援。

那天，我在救援现场待了一下午。观望的过程中，对王三有了新的、真实的认识。我感觉王三这个人真是好人，心地善良。他们的团队是在做好事、善事、有益的事情，在帮助别人，团队又有技术，又团结，不图名不图利的，这也正是我想追求的。

当天我很晚才回家，那一晚上我的脑海中老是浮现救援现场的画面和王三的名字。第二天下午，忙完手中的活儿，我立刻就开车从九原区来到黄河边专门寻找王三。那时他也不知道我要干什么，一开始略带一种怀疑的态度，过后我又接连去过几次，交流了几次，渐渐地两人惯了、熟了，他也了解了我，明白了我的用意，我也在家人的支持下，提出申请加入了黄河水上救援队。

二

闲聊的过程中，张军忽然腾的一下站了起来，冲他眼前我身后不远处的一位男子高喊道：“别让孩子上冰，河面已经开始融化了，那里冰薄，担不住人，小心掉进去，危险！”我听了也猛然一惊，回头看去，一个男子似乎还有些无动于衷，张军又喊了一遍，那个男子朝我们这边看了一下，才极不情愿地招手叫回了在冰面上玩耍的小孩。

“一般游客来玩的时候，我都跟他们说这里水深危险，大人小孩都不要上冰、下水。但有的人就是不看警示牌，就是不听，一些人还反问：‘这是你家的河啊？’一句话噎得你没办法接。”张军边指着河边“冰面危险，禁止游玩”的警示牌，边无奈地说，“自己被怼是小事，游客只要不出事也行，怕就怕出事后救不了。”

我下意识地看了看河面。

此时，张军已重新坐了下来，并以略带气愤的口吻指着身边的黄河，继续说道：“黄河是咱中华民族的母亲河，流经包头市稀土高新区画匠营子村的这段，既不雄奇也不险峻，这只是母亲河漫长河道中最平凡的一段，虽然表面上看似温顺平静，波澜不惊，但是在黄河边长大或者曾经在黄河里试过身手的人都深知她的厉害。如今，春暖花开，河冰消融了，但冰面下却是暗流涌动，水流特别急啊！靠咱们包头这边是河的北岸，河岸是一个石头坝，黄河水从这里旋转一下奔流向东南，水冲刷这里，会把河床越掏越深，以至于河底形成了一个北低南高的抹坡面，对面（南面）达拉特旗那边就浅了很多。人一旦掉进去，水下漩涡立马犹如龙卷风似的把人往水下拖拉，即使身强力壮的小伙子也很难逃脱厄运，这样的疏忽会让人后悔终身的，甚至连后悔的机会都不会再有了。况且新桥与旧桥之间这一段黄河没有任何防护栏，是极易发生事故的地段。就像刚才那家人，孩子小不明白，你大人难道也不明白吗？人们真是不知道这里有多危险呀！”张军感慨地说道。

我好像感觉有些冷，不自然地缩了缩肩，扭头盯着身边的黄河，十几秒后，听到吸了一口烟的张军接着说道：“虽然人们的安全意识现在越来越高了，但还是对黄河不太了解呀！有句老话，不知道您听说过没有？”张军抛给我一个问题。

“什么老话？”我回问。

“人们常说‘黄河没底儿’，这话是什么意思呢？比如说，这儿还是仅没脚腕的浅滩，或是一尺深的水，你再往前走一步，也许就是三米深的水，人就没影了，或者今天这儿浅了，明天再来玩时，就十米深了，河道冲刷得极不规则，而且是来回倒，不固定深浅。河水流速快、泥沙大、暗流多、漩涡多……”张军边比画，边解释道。

“我开始有些害怕……不，是敬畏黄河了。”我说道。

“是的，我们的母亲河是应该敬畏的，必须敬畏的，就连游泳这么好的我也不敢在黄河里吹牛、造次啊。”张军回应道。

听到这句话，我脸上现出了一丝疑惑。

“哦，忘了跟您讲了，我还是个冬泳爱好者，是包头市冬泳协会的创始会员。”

“冬泳？那可是勇敢者的运动啊！”我睁大眼睛看着他。

他淡然一笑，说道：“这也是我另外的一个特殊爱好。几乎每年冬季我们都会在南海公园那边刨个十米长、三米来宽的池子进行冬泳，水温在一摄氏度左右。”

“厉害！每回冬泳游多长时间呢？”我问道。

“也就几分钟。”张军回答道。

“几分钟？”我疑惑地看着他。

“对于常人来说，天寒地冻情况下，坚持个一分多钟就算不错的了，我们常年冬泳的人能游个三分钟左右吧。”张军自信满满、坚定地说。

“真令人佩服！”我竖起了大拇指，“那，你们在黄河里游吗？”

“每年夏季我们协会都会组织有关人员从旧桥漂游到南海公园那边。”张军答道。

“在黄河里游与在游泳池里游不一样吧？”我接着问道。

“当然不一样了，一个是活水，一个是死水，而且我刚才说了黄河的状况，即使你在游泳池游得再好，到了黄河也要十二分地小心。同时还必须会多种泳姿，如果只会个蛙泳，那么遇到漩涡就麻烦啦。因为蛙泳慢嘛，只有采用自由泳或仰泳快速地打水、划水，才能及时地绕出漩涡，脱离险境。”张军像是一位游泳教练般耐心地给我讲解着。

“嗯，嗯！”我使劲点了好几下头，生怕漏掉他说的每一个字。

“那，还有一个问题，就是水中救人是不是很危险？落水者落水多长时间是最佳施救时间？如何救呢？有什么好的方法吗？”我把话题再拉回到黄河救援上。

张军大大地吸了一口烟，又吐了出去，说道：“当然啦，水中救人是十分危险的。俗话说‘面对面不救人’，如果正面上去救的话，肯定会被落水者扯住你，抱住你，拖住手脚，无法动弹，那就太危险了，搞不好两人会一起沉下去，一起完蛋。落水的最佳施救时间大约在两分钟以内，人的生死就那两分钟，必须要及时赶过去。救人的时候一定要逆水救，一定要瞅准机会从后面揪住对方的头发或抓住对方的衣服。如果是开船去救，船要停在落水者的下游，船头要朝着人，因为船尾朝着人，人就有被螺旋桨打伤的巨大危险……”张军加重了语气说道。

“经历了这几年的实践，我感觉用器械救援要优于徒手救援，岸上救援优于水中救援。发现有人落水了，最好的救援方式就是扔绳子（救命索）、拿木棍让落水的人紧紧抓住拉上来。如今，我们救援队除了有长长的绳索外，还制作了几个三四米的长杆子，末端是个钩子，这样在远处就能钩住落水者的衣服将其救上来，这个工具很管用的。”张军接着说道。

“真是一堂生动的黄河安全教育课啊！今天没白来，收获不小啊。”我由衷地说道。

“嗨，这些大多也是我加入救援队后学的，这应归功于王三教得好，他才是真正的实践经验总结者，我这里只是现学现卖罢了。”说完，张军有些不好意思地笑了起来。

三

隔了一周，我再次来到王三黄河水上救援队观测点，依旧坐在上次那个凉棚下。这天恰好张军在巡河值班，也许是身穿橙色救生衣的缘故，在黄浊的河水衬托下，立于快艇前头的他黑红的脸色在暖日中反射出几丝光亮。河风吹拂着他愈显精神的小背头，他向岸边的我挥手，那姿态给人一种威武大将的感觉。

上次交谈，爱好越野和冬泳的他给我留下了深刻的印象。我暗地里怀疑他的年龄是否真实，因为感觉他比他的同龄人要年轻好多岁，也许他的网名“快乐无限”可以解释这一切吧。至今我的本子上还记着他说过的一段话：“希望走近黄河岸边的游客们能听从劝阻，敬畏黄河，远离危险，减少悲剧的发生，让世间多一份欢笑，少一份哭泣……我们救援队全力救人，从没有考虑去图什么，被救的人能说声谢谢的时候，我们大家心里就会有一种说不出的感觉，好像我们这么做得到了别人的认同。因为在那种情况下，我们就是一种责任，就是一种义务……我之所以申请加入救援队，原因就在于我想做一个快乐而有力量的人，赠人玫瑰，手留余香。像王三他们那样，在自己力所能及的范围内，去帮助他人，回馈社会，也许我们自己也是一个英雄也说不定哦！善良是一种选择，或许我们帮助了他人并不会得到什么回报，但是我们内心舒坦呀，问心无愧是一种快乐无限的方式，我更希望我们救援队没啥活干，永远闲着，这才是美好享受呢，这才是一种和谐的生活追求呢！”

每每读到这些文字，我都会被小小感动一下。

原本这次来，想同他深入聊一聊他和队长王三去年一同开车去河北保定农村给孤寡老人大侉办理养老问题的一些详情。

大侉真名叫郭茂龙，今年七十三岁，二十年前，他在救援队队员杨二官开的煤场里下夜，后来黄河沿岸环境治理，煤场被取缔了，没有结过婚、无儿无女的大侉被好心的王三收留，安排在自家的鱼馆里帮忙，一直到现在。

当时张军一听要帮孤寡老人大侉办理养老，立马安排好手中的修理活，与王三、柳占军一路驾车带着大侉奔赴河北保定，顺利地办理了大侉的相关手续证明，并协助王三通过民政部门将大侉安排在了包头市内的一家养老院里。

然而，计划赶不上变化，巡河过后，我们还没来得及好好交流，张军就因接到“家里有急事”的讯息而抱歉地匆忙走了。

回程的路上，无心观看窗外景色的我拿出手机，再次回放了上次我问他参加救援队后，印象最深的一件事情的录音——

2021 年 7 月份的一天，一位出租车司机过来告诉我们，说他拉的一个男子感觉不对劲，这引起了我们的注意。顺着司机指引的方位，我慢慢走到旧桥西边茂密的小树林边上，只见一个四十多岁的男子坐在岸边不远的地方在喝酒，地上已扔了好几个空瘪的易拉罐。男子皮肤黑青，眼神呆滞，发痴……

在我回来告诉掌柜王三的路程中，那个男子已经抛掉了手中的啤酒罐，慢慢地向河边走去，然后猛地跳进了奔涌的河中。此时，我们抓紧发动早已准备好停泊在岸边的快艇，迎着水流就冲了出去，没多久逆流赶到落水者近前。河里的男子在水中不断地挣扎着，起起伏伏，因为我是游泳的，知道如果落水者在水里上下两三次基本就上不来了。我当时顾不上多想，手里拿着三米多的救援长杆立马直接就朝他落水的顺流方向横扫探钩下去，嘿呀！一下子还真捅着、碰到了挣扎的落水者。水中的男子慌乱中立刻顺势死死地拽住了杆子。实际上，所有落水的人都有一种本能，只要有东西，他一把就会死死抓住的。我手上用劲快速把他拉到快艇边，拽他上了快艇。救他的那片水域是个回水湾，如果再晚一点，如果那一杆子碰不到他，真不知道他会直流旋转沉浮到哪里去了呢。

那男子被救上来的时候，已经被黄河水呛得蒙了，脸色有些浅紫，趴在艇沿上，我们帮他不停地控水，一会儿他的脸色变白了些。把他扶回岸边小屋后，一开始他不吱声，全身一直在颤抖。我递给他一支烟后，他慢慢好点，停了几十秒，那男子抽了三口烟，扑通一下跪到地上给我磕了一个响头，边哭边说："大哥，要不是您救了我，我肯定活不了了，谢谢您了！谢谢您了！"

吓了一跳的我赶忙搀起这个男子，说道："兄弟，快起来吧，你这是干什么呀？有什么过不去的坎啊？"

扶着男子再次坐到椅子上的时候，我接着说道："生而为人，这个过程中，每个人都会遇到难关或困境的，没有谁活得那么轻松，谁还没有个三长两短的，难道这样我们就不活了，这对得起父母，对得起老婆孩子吗？有什么大不了的事情，咬咬牙，尊重生命，大不了从头再来，好日子还在后头呢。男人嘛，想开一点，大气一点。"

第四节　王连锁:“连心锁”

一

见到王连锁的时候，是在包头市黄河岸边210国道黄河公路大桥二桥的桥下，那时正是黄河开化、桃花渐开、当地人吃开河鱼的季节。

趁着游客来来往往之际，厚衣裹身，胸前佩戴一个对讲机，脚蹬一双高鞠雨鞋的王连锁正在一辆电动三轮车边，忙着在明媚的春光中推销自己车上的黄河鱼……

望着这位脸呈古铜色、两鬓业已有些斑白的卖鱼人，我有些怀疑——这是王三黄河水上救援队的队员吗？是王三的二哥王连锁吗？

“来，来，来，瞧一瞧，看一看哪，刚打上来的、新鲜的开河鱼啊！”响亮浑厚的吆喝声飘荡在黄河岸边熙熙攘攘的人群中。

“多少钱一斤？”有路过的游客问。

“鲤鱼三十五元一斤，鲇鱼四十元一斤，鲫鱼二十五元一斤。”王连锁边说着边用捞鱼的网兜把活蹦乱跳的鱼儿捞出来，让驻足观望的游客一看究竟。

“真是黄河鱼吗？不是池子里养的‘洗澡鱼’吧？”看的人左

右瞧瞧，带着疑惑的表情问道。

"'洗澡鱼'与真正的黄河鱼是有区别的。正经的黄河鲇鱼，小眼睛，两根须子，鱼肚子下面有花斑纹，鱼鳃是金黄色的，鲇鱼嘴是地包天，下嘴唇长。而野生的黄河大鲤鱼和池养的最明显的就是看外表，野生的尾巴和背鳍都是褐红色的，鱼鳞呈金黄色，池养的全身都是发青黑色的。野生的肉感吃着和池养的就不是一回事。"王连锁专家般地答疑解惑道。

"鲇鱼好吃吗？"有人问。

"当然好吃啦，俗话说——开河的鲇鱼赛人参哪，买回去尝尝吧！"王连锁自信地回答道。

"黄河里还能捞上这种鱼？这鱼大概有个四五斤重吧？应该有点年头了吧？"又有人问。

"哪呀，这鱼得有七八斤重呢，至少是三年以上的鱼了。逮它不容易，只有下笼子、下网才能逮住捞上来。"王连锁像答记者问似的说道。

"这儿的鱼真贵啊！"有人说。

"是啊！野生的价格当然要比养殖的高啦，至少三至五倍吧，去年最贵的时候这种鱼能卖到五十多元一斤。"王连锁笑了笑，"还有就是鱼越大价格越高，只是这些年打鱼的人多了，大鱼少见喽。"王连锁有些感慨地说。

"这是什么鱼？"有人指着边上桶里的鱼问道。

"泥鳅。"王连锁回答说。

"黄河里怎么还有泥鳅呢？"人们惊诧地问。

“实际上没有的，这是上午河边一些人放生的，还有放生乌龟的呢，啥都有……这些都是迷信。泥鳅、乌龟在这黄河水里哪能存活呢？死了还会污染黄河水。现在，迷信的人太多啦！”王连锁耸耸肩说道。

停顿了一会儿，又有络绎不绝的游客前来问询。

王连锁边报着价，边口气坚定地回应道：“这些鱼是我凌晨三四点钟在这段河中下网打上来的，不唬你们的，我在这儿多少年了，人活着就得讲究个诚信，如果有假的，拿回来，甘愿受罚，假一赔十，不，假一赔二十，放心买哇！况且国家有规定，每年4月1日到7月底为黄河禁捕期，再过一些日子，就到禁捕期了，你们就吃不上黄河鱼了，现在赶快买哇！”

一个年轻的母亲领着一个小学生来到河边，指着缓缓流淌的黄河水说道：“儿子，这就是我国第二大长河——黄河，它全长约有五千多公里。我们包头处于黄河的中游……”

“等一等，不对的，这黄河啊，分为三段，从青海那边源头到咱内蒙古托克托县河口镇的黄河河段被称为黄河的上游，我们包头处于黄河的上游。上游河段全长三千多公里；从内蒙古托克托县河口镇至河南省郑州市桃花峪间的黄河河段被称为黄河的中游，河长约一千二百多公里；从河南郑州桃花峪到山东东营市利津县注入渤海的黄河河段被称为黄河的下游，河长近八百公里……”王连锁停下手中的活儿，像一位地理老师似的纠正那位年轻的母亲。

“谢谢您，谢谢您！”年轻的母亲连连点着头说，同时脸上闪过一丝质疑而又有些惊奇的表情。

二

“二哥，您好！”按照救援队队员对王连锁的尊称，我做了开场白。

二哥知道了我的身份后，便像唠家常似的，边卖鱼边与我闲聊了起来……

“实际上，我的卖鱼点就是一个救援观测点、报警点，好多故事就是从这里发生的，比如说，救援队第一次被媒体关注而扬名的、2022 年开春第一例跳河的……太多了，我就先简述这两个吧——

“第一件事情发生的时间，我记得大概是 1999 年的开春流凌刚过时，应该也就是春暖花开的这个时候。当时临近中午，有一个中年女人忽然从我卖鱼不远的地方飞奔而下，连哭带跑的，直接跳入了奔涌的河中。那时河边有那么多人，或许事发突然，或许是都不会水，总之就是没人施救，只是有人大喊：有人跳河啦，有人跳河啦。我当时刚卖了两条鱼，听到呼喊声时，一扭头就看到了水中挣扎的落水者。我来不及多想，二话没说，疾跑下河岸，连衣服也没顾得上脱，就跃入水中（那时还没有配备对讲机）。冰冷的河水一下激得我就像麻了似的，我急忙奋力游了几下，一把从身后把那个女人的衣领揪住，用力游到岸边……真是的，当时如果想这想那，真的要想那么多再去救，那肯定迟了，人估计就会被冲走，救不上来了。此时，我弟弟王三他们也闻讯赶来施救。上岸后，我弟妹在河边鱼馆里给那个女人换下湿衣服，并与她的家人进行了联系。我呢，找个地方换了衣服，继续卖我的鱼。那天正好有辆江苏卫视的车就停在这附近，是什么‘美食行天下’栏目组的，于是他们当家的主持人华少（过后才知道，华少这个人名气那么大）过来采访了我弟弟（当时也叫我过去接受采访，可我这个人又不会说，面对镜头慌得很，所以就没过去），这样大家才知道了我们，接着市里有关部门也开始重视起来。因此也就有了后来 2013 年王三黄河水上救援队的正式成立。

“第二件事情发生在 2022 年 3 月 10 日上午九点多——

“当时我看到一个四十多岁的高个男人，手里拎了一件褂子，站在冰面上，我以为他就是站在那儿看一看中间河道业已开化的黄河。正在河边的我说：‘嗨，再不能往前走了，再往前走，冰就会踩塌了跌进去呀，危险！’可那个男子没听我的话，还往前走。‘嗨，你要干什么？’我连喊了好几声。正在这时那个男子扔下褂子，匆忙脱了上衣，裤子刚脱到脚踝处就跑着跳到了河里。

“我赶紧转身拿了一个漏斗杆子赶了过去，但那男子已经顺水漂走，离水边太远，够不着了。春天开河时没有谁敢下水救人的，下去没多久基本就会被冰凉的河水冻僵抽筋，加之水中暗流多，谁下去都会遇到巨大的危险。从对讲机中得到讯息快速赶来的弟弟王三拿杆子顺流跑去施救，在一个拐弯处，看到水中漂浮过来一样东西，还以为是溺水的那个男子，于是奋力拿带钩的杆子捅了过去，上下左右一划拉，结果钩上来的只是男子的裤子，人不见了。估计当时跳河时，裤子在水中被冲掉了，漂了上来。报警后，警察从现场遗留的男子褂子里发现了该男子的身份证：1982 年出生，包头市土默特右旗将军尧镇人。不久接到消息跑来的男子媳妇哭诉着说，因为生活陷入困境，找不到工作，挣不上钱，男子有些抑郁了，同时身体上也出现了一些毛病。憋在家里多日，难受得不行，就跟妻子说想这几日去临河转一转，那里有亲戚朋友，看看有没有什么机会，并买了火车票。没想到却出门跳了河。”

二哥有些伤感地说：“这是 2022 年开春发生的第一起跳河事件。这人啊……怎么就想不开呢？”

三

“听说画匠营子村曾经有三件宝：打鱼、做硝、搂黄草，是吗？”我问道。

“是啊，你也知道啊。这句顺口溜很形象地展现了我们村‘靠水吃水’的一种生活状态。俗话说嘛，‘一方水土养育一方人’，我们依偎着黄河水，‘黄河鱼’自然是村里的特产，这里的鱼产量比较大。过去冬天河口冻不住，一篓子下去就会盛满活蹦乱跳的鱼，可现在不能跟以前比喽……我们这里不仅有鱼，黄河岸边水草丰茂，割下的黄草用马车、驴车拉到街里还能卖，可以喂牲畜、做扫帚，还可以抹泥墙建房子。岸边土壤里富含硝，可以用来熟皮子、做火药、做硝。”二哥侃侃而谈。

“哦！”我偷偷地又上下打量了一下眼前这位卖鱼人，心中在想，蛮有知识的嘛。

二哥也许没有注意到我的表情，继续说道：“如今，这三件宝中的做硝、搂黄草因环境保护的原因已经不让做了，而打鱼却还可以。我们所在的画匠营子村这边自从被包头市规划为黄河旅游风景区，每年游客众多，不过却也是个事故多发地带。你看，我呢，虽然在这里打鱼卖鱼，生意不错，但这却是副业，救人倒成了主业。时代的发展已经赋予了我们这些打鱼人新的内容了。”说完，二哥自己先嘿嘿地笑了起来，我也被他感染张嘴笑了。

“您这救人是从什么时候开始的呢？为什么想到要救人呢？是被别人要求的吗？”我接着问。

“这个年岁了，好多事还真记不起来了，但可以肯定的是受父母的言传身教。打小父母就在河边救过人，而且救人的风气也是我们村引以为荣的良好民风，这是祖辈积下的善德。我们一家兄弟姊妹七个，连父母九口人，生活条件那时是村里最差的，吃了上顿没下顿的，村里有些邻居就给接济上，大队、村委会也把每年的救济补助给了我们家，所以我们兄弟姊妹长大了就总想着帮助别人，来回报社会，回报这些帮助过咱的人，不能忘了人家！人，要有感恩的心。因为整日里守在河边，遇到轻生者，哪能见死不救啊，再没有义务也要伸手相助，那是一条生命啊！难道还有比生命更重要的事情吗？”二哥自豪而坚定地说。

“您常年守在河边，能看出来哪些人像是要跳水轻生的吗？”我问道。

“能呐哇，从表情、行动上就可以察觉出来，比如，在桥上一个人来回溜达的，抓住栏杆往桥下看的，坐在河边抽烟喝酒的，蹲在那里哭泣的……这些人都不正常啊，多数是想不开、要跳河自杀的。”二哥回答道。

“救人是危险的，您救人，家里人不担心吗？”我关切地问道。

“哪能不担心啊，老婆孩子总是免不了再三叮嘱，你救人我们不反对，可是总得先顾住自己呀，要注意，救人前一定要穿好救生衣呀。”二哥边捡起从三轮车上跳出来的一条鱼，边对我快速地说道。

“听咱们救援队队员反馈说，您是个灵活之人，水性可好呢！”我探问道。

“哈哈，我们的家紧邻黄河，自小我就经常到河边玩个水，久而久之，练就了一身‘水中本事’。每到夏天一定要到水里游两下，不然全身就难受，如今五十九岁了，依然如此。”二哥晃动了一下身子，笑着说道。

“真佩服！老当益壮啊！”我竖起了大拇指称赞道。“您能记得起这么多年，你们具体救了多少人吗？”我接着问。

“具体人数，没统计过。只记得去年，2021 年我们总共救了三十六七个人。”二哥想了想，慢慢地回答道。

“您在河边这么多年也救了很多人，然而弟弟王三却出了名，并成了救援队队长，您有什么想法吗？”我盯着二哥问道。

“没什么想法，弟弟会说，我不会说，都是一家人，谁出名都一样，再说了，那就是个名声，咱图的是做好事行善积德就行。我不妒忌老三出名，让他牵头当队长，支持！”二哥以十分肯定的口吻回复了我。

“听您讲了很多关于黄河与画匠营子村的知识，很是受益，能问一下您以前是做什么的吗？”

“哦，没卖鱼前，我们一直种地呢，嗯，中间当过一段时间的代课老师。虽然认识的字不多，但平常没事爱看点书，收集点故事，尤其是地理历史方面的，只是那时家穷，书太少了。”二哥挠挠头，笑着回答道。

“那您以后还会一直坚持在河边卖鱼救人吗？有什么愿望吗？”

“我，我要把这个救人‘主业’坚持做下去，直到做不动为止。最大的愿望嘛，就是人们高高兴兴地来到黄河边玩，之后能平平安安地回去。不要因为一些什么事情想不开，酿成悲剧。”

第五节　柳占军：风暴

2020年的盛夏，一位曾在天津打拼失败后回到故乡包头的二十多岁的小伙子，因与父母交流得不顺畅，情绪异常低落。回包头的第二天，他来到黄河岸边闲逛散心，第三天一大早，有人发现他的车停在了包头小白河国家湿地公园景观大道的路边，人却未见踪影。闻讯赶来的父母怀疑孩子是跳河自杀了，经过警方的调查，也给出了这样的初步结论，接下来寻找尸体就成了重点工作。

一

一个夏日，朝阳远远地挂在东方的蓝天上，零星分布的云朵在晴空中舒展着各自的美姿，风儿信使般地传递着自然间的信息……

由西向东的河面上，一阵由远及近的马达声带来了一艘周身漆黑内显红色的橡皮艇。一个皮肤黝黑、戴着一副墨镜、头戴一顶长舌藏蓝遮阳帽、身穿橙色救生衣的中年男子斜坐在橡皮艇尾端，一只手稳稳地扶着伸入水中的手摇推进器，时快时慢选择着前行的路径，另一只手紧紧握住艇边的抓手。一位稍年轻、个子较高的男子穿着同样颜色的救生衣坐在艇前，手中拿着一部望远镜，不停地四下观察，寻找着河水中漂浮的，河边湾湾汊汊、杂草丛中的可疑物。

他们是谁？在干什么？

答案就是——这两个人是王三黄河水上救援队的队员，开艇的是师父柳占军，瞭望的是徒弟赵海军。他们是在寻找前几日那个从天津回包头后轻生的小伙子。自从年轻小伙子跳河以后，王三黄河水上救援队已经参与了多次的寻找与打捞工作，但是至今没有发现。按照小伙子家人及警方的要求，今天再次扩大搜寻范围。经验丰富的柳占军简单吃过早饭后，带着新入职的徒弟赵海军出发了……

出发前一天，按照规定，柳占军对所乘坐的橡皮艇进行了细致的检查，备足了燃油，也做好了能想到的各项准备工作。一切准备停当，这才发动橡皮艇起航。

这次的目的地是顺河往东，到二十公里开外的德胜泰大桥那里。关于这座大桥，它可是包头铝厂货运物资南向出入的重要大通道，也是包头境内不包括浮桥在内的七座黄河大桥之一，因紧邻南岸鄂尔多斯市达拉特旗德胜泰乡而得名。

自从2013年正式加入王三黄河水上救援队以后，这么多年来，因为经常驾船来回走过的缘故，柳占军对包头境内的这几座黄河大桥和其间的水域可以说再熟悉不过了，所以也就有了这次的任务。徒弟赵海军出发前曾问过他，此次东行，为什么选择橡皮艇，而不开速度更快的快艇呢？柳占军告诉他，快艇的底部是尖的，吃水深，到达不了浅滩，上不了河岸，而橡皮艇底子是平的，吃水浅，可以开到岸边杂草丛中，便于寻找。

黄浊的河水缓缓东流，一层一层慢悠悠的鳞浪和不时露脸的漩涡一个一个从艇边旋过。橡皮艇过处，河面像犁地般地翻卷出一道道白色的浪花。

驾艇河上，阵阵凉风轻轻拂过面颊，柳占军感受着夏日里那一份怡人的凉爽。随着时间的推移，他的心里开始有些忧虑和沉重。搜寻了多日，毫无线索，每每看到河岸边轻生者家人焦急等待的神情，一种说不出的异样感觉压抑在胸中。

此次如果能顺利发现、找到尸体，也算是尽了黄河水上救援队的一份责任与义务，更是对逝者的一种尊重，对轻生者家人的一丝慰藉吧。

想到这里，柳占军抬头望了望当空还不算耀眼的太阳。

二

中午一点钟刚过，黄河的一个缓湾处，柳占军和赵海军用绳索固定好橡皮艇，上岸盘腿坐在岸边的一处树荫下，伴着徐徐微风，开始吃午餐。一上午了，风吹日晒中的两人也饿了。午餐只是简单的面包、榨菜、火腿肠、黄瓜、西红柿、矿泉水，这对于救援队的队员们来说是标配。

“师父，咱这都找了一上午了，也没个结果，活不见人，死不见尸的，真着急！”

“警方已经初步确定那个后生跳河失踪了。应该是死了。如果真没死呢，那倒是个天大的惊喜，真希望有奇迹。”

两人边吃，边环顾四周，柳占军开口道：“我忽然想起经历过的一件事情：一次听到一个女人跳河的消息，我们赶紧往出事地点跑。到那儿一看，河面上漂着一双鞋和一件衣服，衣服上的标签都还在呢。我们急忙开船下河救人，但沿河找了半天也没看到人影。驾船返回，就听有人说，那个跳河的女人早就坐在那边的车上喝水呢。据说她本来准备跳河，后来后悔了，就把新衣服扔到河里上来了，这可是闹了一个大笑话……真希望这次失踪的后生跳水也是个笑话！”

“师父，您以前一直就在河边救人吗？”

“也不是的，嗯，说来有些话长。很早以前，我是在共青农场村周边种地的，之后地不种了，就到了农场的红旗砖厂，烧红泥砖，我是负责掌握温度的，技术活儿，如果掌控不好，砖不是烧焦了，就是烧着了。那时的工资还不错，每个月五千多元呢。后来国家治理污染，防止水土流失，砖厂就不让开了，随着稀土高新区占地、征地后，在村里没事干，我便开始在黄河边干烧烤，做点小买卖。遇到有人落水，也会主动伸手相助。没两三年，为了保护黄河湿地，政府取缔了河边经营的各类摊点，此时，也在黄河边开鱼馆的王三出面牵头召集大伙儿继续开展黄河救援，并给开些工资。2013 年 4 月王三黄河水上救援队正式成立，我自发地加入其中成为第一批队员。”

“师父，您当初为什么会加入救援队呢？”

“噢，王三是我的发小，我们打小一起长大，我特别了解王三，他这个人心地善良，乐于助人，不自私，能为大伙儿考虑，也很有组织能力，我很佩服他，所以那个公益性的救援队一成立，正合我意，我就积极加入了。”

“王三是个好人啊！师父，您也是个好人啊！但您好像不太爱跟别人说救人的事，现在没什么事儿，您能不能给我讲一讲这些年您具体救过多少人？”

“救人，那，那又不是什么大事，没必要见谁都说吧。再说了，不能见死不救啊，伸把手就行了。这些事谁还记啊？具体救过多少人，没统计过，时间一长，自己更不记得了。”柳占军有点不好意思地笑了笑。

“师父，这一年您可见老喽！”赵海军看着个子不高、身体壮实、身材匀称的柳占军感慨道。

“是老啦，都五十四岁了，还不老嘛！每天在河边风吹日晒的，肯定显老。”柳占军挠了挠头，有些感伤地说。

三

吃过饭，两人把餐后垃圾收拾干净，打包扔入岸边的一个垃圾桶里。两人商定好十分钟后出发，赵海军好奇地问：“师父，咱一早出发前，您朝黄河拜了拜，还在橡皮艇前头系了一截红绸子，这是什么意思啊？”

“嗯……每个行业都有每个行业特有的行规，我们捞尸也不例外，在开工之前会举行一个简单的仪式，那就是要在船头系上一根三寸宽一尺长的辟邪红布，在每次出船之前，我们捞尸人必须带一只大红公鸡。在捞尸工作接近尾声时，则需要用刀割断大红公鸡的脖子，然后将公鸡丢入河中，这样就完成了对黄河大王的祭拜仪式。”柳占军望了望骄阳照耀下静流的河面说道。

“那，那我们没准备大红公鸡呀?！”赵海军张大嘴疑惑道。

“现在我们不讲究这么多了，简化程序，省了。”

“师父，这些您都跟谁学的呀？您的师父是谁？”

“没有师父，只是听村里老一辈人讲的。如果说有师父，那画匠营子村父老乡亲就是我的师父。”

赵海军似有所懂地点了点头：“师父，外面人对咱们打捞尸体的行为很有异议，说与尸体接触多少都会沾染上邪气，称我们叫什么来着？”赵海军一时想不起来，看了看柳占军。

“把我们捞尸人叫‘别杆子’。没有什么邪气不邪气的，时刻注意安全就行了。实际上，我倒是觉得这个名字很形象、很好听。”柳占军不以为然地答道。

“对，对，对，就是这个名字。大家还说‘别杆子’是个整日徘徊在生死边缘的晦气的不好的职业，还有很多忌讳的，是吧，师傅？”赵海军有些犹疑地问。

“唉，职业哪有什么晦气、贵贱之分呀？那些人死后尸体变成了黄河中漂泊的一抹悲凉，我们捞尸人的职责就是将这些河流中的尸体打捞上来，交给他们的亲属，逝者安息，生者如斯。只是有些戴着有色眼镜的人才会隐晦地将我们这种服务于社会的行为看作是晦气的高危职业。至于忌讳嘛……”柳占军欲言又止。

“师父，您就给讲讲呗！”赵海军急切地看着师父。

“哦，碰到以下三种特殊情况时，我们黄河捞尸人是绝对不会打捞的：一是雨天的时候，阴气较重，捞尸人是不会选择出船捞尸的；二是遇到同一具尸体打捞三次均未成功的，捞尸人就不会再继续打捞了；三是碰到在水中直立的尸体，捞尸人也不会进行打捞的……”

“为什么直立的尸体就不打捞了呢？”赵海军插话道。

“原因嘛，就是水中直立的尸体下面必然会有漩涡涌动，一旦下水打捞，捞尸人可能也会命丧于此，因此为了保命，捞尸人见到这种情况的尸体也是不会打捞的。”柳占军解释道。

赵海军瞪大眼睛，点点头，没再说什么。

柳占军看着赵海军的表情，平静地说：“这些都是迷信，也都是民间的一种习俗。以前咱们河边还有个河神庙呢，早就拆了，你没看到过，咱们的值班点边上不是又摆了三尊什么瓷神像吗？那都是来河边的人们自发请来放在那里的，不自然形成的习惯嘛。我不迷信，但咱们又无法阻止他们的祭祀行为。规矩得遵守，习俗也得尊重，这也许就是生活吧。”

四

立于橡皮艇前头的柳占军，放下望远镜，看看时间，马上就到下午四点钟了，艳阳退去，最热的时候已经过去了，天边多了些云朵，此时他们来到了德胜泰大桥的二桥边上，依然没有结果。

柳占军转身对正在娴熟操纵推进器的赵海军说：“今天估计就这样了，我们也到达目的地了，时间不早了，该返航了。”赵海军应了一声“好嘞”，就见橡皮艇优美地转了一个不大不小的弯儿，调头逆流而行了。

轰隆隆的马达声中，柳占军对着赵海军微微地笑了笑……

慢慢地，河面上的风大了一点，西北边的白云渐渐涂上了一层铅色。

“要变天了，我们抓紧往回开吧，尽量靠近河边走。”柳占军对开船的赵海军说道。

赵海军听后，扭动了一下推进器的油门手柄，橡皮艇猛地向前冲了出去。以往回程逆流航行，他们都会在河流中间一点，只要没风，就可以快速前行。这次听了师父的讲解，赵海军明白，橡皮艇马力小，吃水不深，绝大部分船体都浮在水面上，天生短板怕风怕浪，因而，稍有风吹草动，橡皮艇就可能会翻掉，酿成安全事故。万一遇到风雨，提前做准备，离河岸近好上岸啊，这样安全。

一阵风过后，南边的半个天还响晴白日，头顶的天上却因乌云急涌而逐步阴了下来，河面也紧随其后转换成了一副阴沉的面孔，并开始不安起来……

又是一阵风，橡皮艇显然受到了影响，在水面上颠簸起来，一会儿越发厉害了，如同一个醉汉。突然，推进器下的螺旋桨“咔、咔”连续响了两下，不转了！赵海军急速地拉了两下开关拉绳，螺旋桨还是不转，橡皮艇坏了？没动力了？失控了？

这时的风更大了。一股大黄风突如其来从河岸上卷起，向橡皮艇刮来，四周一时啥也看不见了。只有头上翻滚的乌云堆积如墨，似乎要让黑沉沉的天崩塌下来似的。忽然，一道闪电，天空被撕裂了，一片惨白，紧接着是一串沉闷的雷声，如同大炮轰鸣，震耳欲聋，使人悸恐。闷雷过后，钢珠一样的雨点，连成了线，哗的一声，以始料不及的速度，铺天盖地般地从空中倾泻下来。调皮的雨点儿砸在河面上，溅起高高的水花，打在橡皮艇上啪啪直响，打在身上，还真有些痛感。

“快点收起推进器，快点！拿桨，拿桨，划到岸边去！”柳占军一边取下一侧艇弦上扣环里的桨，一边对赵海军大声地喊道。

河里的水浪像小山一样地叠压过来，橡皮艇一会儿被抛到浪峰，一会儿被摔到波底，上下左右剧烈起伏摇摆起来。

两个人在狂风、骤雨、急流的夹击中，一左一右全力保持着橡皮艇的平衡，用桨拼命急速地往岸边划去。那里是个浅滩，赵海军率先跳下橡皮艇，扯着艇头上的绳索深一脚浅一脚地就往岸上跑。与此同时，柳占军也跳下艇，在半腿深的水中推着橡皮艇借势上岸。

当紧急在岸边固定好橡皮艇，师徒两人已经累得大口喘着粗气，瘫坐在河岸上，满脚是泥，全身湿透。

眼前——风，张狂地追着雨，雨，慌乱地赶着风，风和雨联合起来乱撞着天上的乌云，还有那偶尔助阵的道道闪电与雷声……那场面真像是一场殊死搏斗的战争！

整个天地都处在如烟、如雾、如尘的迷乱之中。

“真害怕呢！”赵海军抹了一把脸上的雨水对师父柳占军说。

“还真是头一回遇到这么大的风雨！”柳占军感慨道。

“师父，我们这一次又无功而返，还遇到了暴风雨，下一次呢？”

“虽然这一次我们又是没有任何收获，但是不见风雨怎么能见彩虹呢？相信下一次一定会找到的！”柳占军乐观坚定地回答道。

尾　声

一个多小时后，雨过天晴，柳占军和赵海军检查了橡皮艇，除了艇身有些亏气，他俩意外地发现只是推进器火花塞出了问题，这是橡皮艇常会出现的故障。一早出门的时候，艇上急救工具箱里就事先准备好了两个新火花塞。

用脚踏充气泵给艇身充气，更换火花塞，启动……

隆隆的马达声又在温顺下来的河面上响起，一股清凉的空气迎面而来。

柳占军叉腰立于艇头，环顾周边，河岸两边的草似乎更绿了，花儿更红了，大树也显得更高了。抬头仰望，云朵成了白花花的棉花糖，天空也被洗得湛蓝明亮，隐约中远方有一座“七彩桥”……

第六节　王宇超：“加油！”

时间：2022年4月16日星期六下午五点钟

地点：包头市稀土高新区画匠营子村黄河边王三鱼馆内

访谈人物：王宇超

站在我面前的他，方脸，小眼睛，一双微微外扩的耳朵，一头亮黑浓密的头发，近一米八的个头，身穿GOD牌春秋季黑白搭配的休闲外套。

我们两个握手后，分别坐在餐桌两旁，王宇超给我倒上茶水。

我：宇超，真正坐在一起聊很不容易啊，好几次了都没能实现。记得咱们第一次见面是3月5日那天下午，也是这个时候，就在鱼馆的这个院里拍片，当时我心想这个小伙子一句话也不说，就站在边上照相，他是王三黄河水上救援队的队员吗？很是怀疑。

宇超：（有些腼腆地笑了笑）那一次也是在上班呢，听说你们来了，就请了一会儿假跑了回来……实际上，看你们每次来，忙得很，不好意思打扰你们！

我：宇超，今天咱们就是随便聊一聊，想到哪儿，说到哪儿，没有具体采访的内容提纲，想到什么就说什么，好吗？

宇超：行呢！

我：你今年多大啦？属啥的？

宇超：今年二十八啦，1994 年生人，属狗的。

我：王三是你什么人？

宇超：王三是我三舅，我是王三妹妹王金玲的孩子，王三的亲外甥。

我：那你跟刘雪峰（王三二妹王金枝的孩子）、王雅婕（王三的女儿）三个人，谁大？

宇超：我大，雪峰 1995 年的，属猪的，我比他大一岁，雅婕比我俩都小，哪一年的忘了，好像是 1997 年。（想了一想，不好意思地笑了一下）

我：噢。（我点点头，喝了口茶，又指了指宇超眼前的杯子，他摇摇头，表示不渴）听说你当过兵，是什么兵种？

宇超：武警。

我：当了几年？在哪儿服役的？

宇超：嗯，当了两年多的兵，2013 年高中毕业后走的，2016 年转业回来的，是在天津武警部队服役的。

我：部队很锻炼人吧？！

宇超：（话匣子逐渐打开）是的，太锻炼人了。当兵时，头一次离家那么远，一开始难受想家，但度过那段时间以后就好了，自己一下子好像懂事了，在部队表现得挺好，于是队长想往下留我，转成士官，并被列入了入党积极分子名单序列……但最后，我，还是转业了。

我：为什么回来呢？

宇超：说不上的原因，或许是父母想让我回到他们身边吧。

我：转业以后呢？

宇超：因为我们转业是不包分配的。回来后，我就又回到了我三舅这里。实际上，记得小时候，我七八岁的样子就在河边的鱼馆里端盘子呢。上学后一放假我就在这里帮忙。后来三舅买了游艇，转业回来后我和我弟弟雪峰一起考取了游艇驾驶证，一边从事游艇营生，一边在救援队里做事。

我：转业回来后多长时间上的班？

宇超：不到一年时间吧，恰好稀土高新区滨河这边招人，我就应聘去了，结果招上了，是给城管执法局的领导开车。虽然是临时工，但这是我转业后找的第一份工作呀，十分珍惜，一直到现在。

我：祝贺你！那你在应聘介绍自己或写简历的时候，讲过、写过你加入黄河水上救援队救人的经历没有？

宇超：没有，没说过，没写过。

我：入职后，你的同事、你单位的领导知不知道你是王三黄河水上救援队的队员？

宇超：开始不知道，直到今年的 4 月 4 日那天以后……对，就是纪录电影《好人王三》开机仪式那天，您发的抖音内容，我们领导从手机上恰好刷见了，于是就当着同事的面用一种惊奇的口吻问我：“咦，你也在王三黄河水上救援队，什么时候加入的？”我笑了笑说：“早就加入了。”如果不是这一次，那大家还真是不知道呢。

眼前在我心中还是个大男孩的小伙子王宇超站起身，给我杯中添了点热茶水，然后又往屋里地中间的火炉子里添了点煤，4 月中旬，包头的天气还是有些冷。

我：说到救人，那就给我们讲一讲你救人的一些经历吧！

宇超：(不好意思地呵呵笑了几声）没有什么特别，只是感觉遇上了就应该做的。嗯，那就先说说发生在我单位的一件事吧。那是我工作后的一个夏天，记得好像是 2018 年，一日，领导在区里开会，我呢，在等领导的时候，就去旁边的足球场转一转、瞧一瞧。刚待了一会儿，就看到球场上一个踢球的小男孩用胸部停了一下飞传过来的足球，忽然就倒了下去，昏了，抽搐了。见状，我本能地急速跑进场地，二话没说上前就施救。在黄河水上救援队，我们就进行过心肺复苏的培训，也知道黄金的抢救时间。遇到这种事可不能等，时间就是生命。就这样，我按压了一气，男孩儿缓过了劲。当时教练也在跟前，打了 120 急救电话，离蒙中医院近哇，一会儿救护车就来了，把男孩拉走了。第二天，教练用微信发来了感谢的话语（现场等待救护车时加的)，同时还有一段挺长的文字，说他媳妇是包头广播电视台的记者，昨日恰好在现场目睹了我救人的全过程，并悄悄地在边上给我拍了张照片。现在想给我宣传宣传……

我：那是好事啊！

宇超：我说不要宣传了，孩子没事就行了。

我：为什么不宣传呢？

宇超：(淡然的表情）没这个想法，小事一桩吧，不值得宣传，再说了，谁遇上了都会去救的，力所能及的事情，有什么好宣传的呢？！不过，后来，那个被救的小男孩在家人的陪同下还专门找到我表示感谢，我感到很幸福，但是拒绝了他们的礼物，因为救援队救援是不图回报的。

我：你每天上班时间固定吗？

宇超：也不固定，主要看领导了。有时候忙起来也没有点。

我：（若有所思地沉默着）

宇超：讲一件我在黄河水上救援队的事吧。

我：（从沉默中反应过来）好的！

宇超：那是发生在我转业回来上班之前的事情，大概时间应该就是 2016 年 12 月份的一个晚上，救援队接到警方电话：有人在南绕城公路边上的一处死水区域溺水失踪了。闻讯后，我们带上相关打捞设备与工具快速赶往现场。到达现场得知，没有安全意识的两个人没事来这里冰面上溜达，虽然天气挺冷的，但水面有的地方冰并不太厚，一不小心，其中一个人就踩塌了冰面掉到了水中，另一个人一看救不了，急忙报了警。

（此时，宇超的手机响了，他朝我们示意了一下。放下电话后，他接着讲）当时冰面上不能站人太多，怕塌下去呢。只能开着橡皮艇前行，这也是冰上救援的好方法。我们两人一组坐在橡皮艇里下到冰面上，先拿锥子扎，之后再拿大锤凿开冰面，看看要找的人儿在哪里。

我：累不？

宇超：真累呢！冰有的地方厚，凿起来费劲。累了，岸上的人就把橡皮艇拽回来，再换上两个人继续。抓紧时间轮流去做，时间不等人啊！等到救援结束上岸时，双臂疼得都有些抬不起来了。

我：你们几点去的？

宇超：天刚黑点的时候吧。

我：你们救援了大约多长时间？

宇超：大约弄了五个小时，大概晚上十一点了才找到。

我：这么长时间？

宇超：一个是晚上的缘故，一个是那片冰面比较大，凿了一半的时候，都还没有找到。我三舅他们有经验，说不行就往河岸边凿一凿吧，因为那是一潭死水，落水的人不会被冲走，但水的慢慢转动会把他推到边上。按照这个想法去做，结果呢，凿到边边上来时，那个溺水失踪的人"哗"的一下子漂了上来。

我：那溺水失踪的人？

宇超：时间那么长了，早就完了，没气了。

我：多大岁数？

宇超：四五十岁样子的中年人。

我：当时害怕不？

宇超：说害怕也真害怕呢，一旦凿开冰也就不害怕，不想了。

我：宇超，你跟你三舅上过奖台接受过表彰吗？

宇超：接受过。

我：大概是什么时间？哪一次？

宇超：哎呀，不好意思，记不得了，反正去过好几次呢。

我：是在包头，还是呼市？

宇超：就在包头市。那一次还给打着横幅，拍了相片。接受采访时，相跟去的那几个人，岁数大了，偏要让我给讲。

我：当时讲的啥内容？

宇超：讲的就是我掉进河里被我三舅救起的事情。那是我小时候，好像还不到十岁时发生的事，有一天我在河边给即将靠岸的快艇拴绳子，一个游客在离船登岸时，一不小心脚踩偏了，掉进了水里。那人落水前，本能地手一抓就把站在岸边的我也给拉了下去。两个人一下子就掉到了快艇底下（幸亏快艇熄火了，不然……），当时河水又急又深，浪也大。掉在水里后，人下意识地挣扎，我的头一起一伏地不停碰撞着快艇的底部，挺疼的，还呛到水了，但我晓得闭住气，这就是人的本能反应吧！当时我很害怕，我三舅看到了，立马跳下水，摸索着，正好把我给逮住了。其实我三舅当时跟我说了，让我抱住他的脖颈。水中的我知道抓住了东西，但不知道抓住了甚，本能地紧紧抓住不再放开。人就是这样，在溺水的时候，逮住东西就不放了。我三舅又把那个人抓住，他一手一个往上游，太不容易了，也太危险了。恰好岸边有人，也有会水的，于是帮助我俩先后上了岸。救上来后，那个人还吹牛呢，说幸亏他会游泳，不然的话，瞎了！当时鱼馆就在河边，我妈在鱼馆里，什么也不知道哇，后来我湿漉漉地上来了，我妈问，咋来来？我说，刚跌到河里了，吓得我妈瘫坐在那里，干不成活了。还有我弟雪峰，他也被我二舅救过，也是小时候的事情，我二舅在河边下河套子（渔网），雪峰不知道是在哪儿耍水呢，呛着水了，就露个脑袋从上面漂下来，我二舅正好在那儿准备要起网，二舅看见水里怎么有个人呢？一把抓住给提了起来，一看是我兄弟雪峰，吓得我二舅张口就骂，在他屁股上狠狠地抽打了好几下。

我：宇超，你是哪年结的婚？

宇超：2017 年，部队转业回来以后。

我：媳妇是哪儿的人？

宇超：就我们村的。

我：那岳父岳母和媳妇都知道你干黄河救援这件事喽？

宇超：知道呢。

我：你这搭上时间，冒着危险救人，他们不担心吗？有没有劝说你停下来别参加了？

宇超：没有，救人是我们村的惯例，能帮一下就帮一下呗，媳妇家里也曾救过人。我们这里的人基本了解这救援的事情，可以说每户人家都有过救人或被救的经历。救人是危险的，不能说家人们不担心，只是我们时刻注意安全，量力而行，尽自己最大努力去救助。在救护他人的同时，还得做好自己的安全防护。

我：你加入救援队，有什么感觉？

宇超：感觉嘛，救人是积德的事儿，挺高尚的。另外，救援队像个团结的大家庭，很温馨。也许从小到大就长在河边的缘故吧，如今一两天不去巡河，心里就觉得空落落的，干啥都不自在，巡河已成了生活习惯，救人已变成一项事业，二者深深地融入了我的生命里。

我：但是你还有一份执法局的工作呀，不冲突吗？

宇超：这个不冲突。我不耽误上班，只是每日下班，或休息没事干的时候，就下到河边来参与帮忙巡河救援。

我：如果以后你有一份离这里更远、更稳定的职业，你还会去做救援工作吗？

宇超：会的！就像我在工作期间救的那个小男孩一样。至于黄河边上，只是自己参与的时间多与少的问题，但救援肯定会一直做的。

我：上个月我们来鱼馆采访的时候，遇到了你三舅的女儿雅婕，听说她正在准备上研究生呢……

宇超：（抢先打断了我的话，接下来回答了我想问而没问出的问题）噢，我妹妹呀，她可是我们的榜样啊！她总催着我和我弟弟，没事的时候要学习。除了与黄河救人有关的知识，我也准备好好学习再考个学历呢，现在是信息时代，需要文凭，不抓紧学、没有知识就要被淘汰了。

我：你觉得你从事救援这一行业，自豪吗？

宇超：（挠挠头，不好意思地笑了笑）嗯……说不上，应该是有点自豪吧！

我：宇超，在救人方面，你是受父母影响大，还是受其他什么人影响大？

宇超：主要是受我二舅、三舅、三妗的影响大，因为从小就在他们身边，耳濡目染吧。

我：若在这三个人中间，再让你选择一个对你影响更大的人，你会选择谁呢？

宇超：太难选了，真的选啊，我会选三舅和三妗，一个主外，一个主内。

我：为什么呢？

宇超：（想了想）因为三舅救的人多，组织管理能力强，又救过我。三妗嘛，参与过那么多的救人的事情，又井井有条地打理着鱼馆的方方面面。总之，如果要选，就选他俩。

我：哦。那你能用什么词语来形容一下你三舅和三妗吗？

宇超：我三舅吧，用我们此地话说，就是“憨”嘛，特别憨厚，很多时候做的一些事情挺大公无私的，无偿往里搭东西，甚至于还要受委屈，被救上来的人打骂、拿刀子扎呢……这种事情可多了。

我：你气愤不？

宇超：有时也气呢，你看救上你来，你却这样。你没有一句感谢话儿，你还……这可是救你一命啊！人有几条命啊？

我：三舅的这些行为，是不是有些傻呢？

宇超：（嘿嘿笑了）你说哇，也有点，但我不认为那是傻，而是一种令人敬佩的……我也不知道该用什么词语来形容了，总之，就是一种高尚的行为吧！

我：（点点头）三妗呢？

宇超：精明能干，特别好！

我：好到什么程度？

宇超：（嘿嘿笑了）家里忙里忙外的全是三妗，一把好手。对我呢，又特别好。只要有点好东西、好吃的，三妗总是打电话说：“宇超，下来拿上点。”逢年过节，我三妗早早就把水果、食品搬下一堆，给我们每家一份。对于三舅、三妗，说实话，就像我对我爸妈那种感情一样。只要一个电话，立马就下来，平时没事也都在河边这里。

我：看到你们这个大家庭关系特别融洽，真好！

宇超：是的，在三舅三妗带领下，我们这个大家庭非常融洽，非常好！

我：宇超，能简单讲一讲你所知道的三舅和三妗的故事吗？

宇超：好的，他们救人的事儿因为多数人都知道了，我就不讲了，这儿讲一讲他们结婚前后的事情吧！

我：好啊！

宇超：我小时候，记得杨二官大爷当时在黄河边搞了一个小煤场。他把煤从东胜那边弄回来，我爸爸和我三舅一帮人再从他那里用四轮车拉出去卖。

我三舅在给一个饭馆送煤的过程中，经饭馆老板介绍，认识了当时在饭馆当服务员的我三妗。结婚后，我三舅家和我家在村里墙挨着墙，那时我上小学，九到十岁的样子，他们过得可苦可穷呢。三舅卖煤、打零工，三妗就在河边卖酿皮，她会做，可好吃呢（哪天让她给你们做，呵呵）。再后来就在河边两个桥中间不远的那个地方闹上了鱼馆，搞起了游艇业务，日子总算慢慢好起来了。

我：真不容易呢！

宇超：是啊！

我：宇超，你的同学、战友、朋友有没有想加入救援队的？

宇超：（摇了摇头）没有。你说，像我们这个岁数的，人家各有各的生活，平时上班的，忙的，也顾不上。想加入呢，有时也对不上时间，赶不到一块儿。

我：（没有吱声）

宇超：（继续道）现在救援队是以前常年在河边救助、有这份爱心的人组成的。如今我们年轻的人多是想能挣多少钱啊、能获得什么荣誉啊，很现实。而我们呢，公益救援是无偿的。现在队里的工资来源就是依靠卖点鱼、搞个快艇游览来支付的。事实上，可能满足不了年轻人的生活需要与追求。我们之间的想法是不一样的。另外，最主要的是救人，虽说有保险，但万一出了事呢，是不是？考虑的也多，这是必须面对的现实问题。

我：（沉默了一会儿）你和你弟还不到三十岁，在救援队里，数你们最年轻。你三舅已经五十多岁了，你考虑过接班问题吗？有没有这个想法？

宇超：（略显吃惊地看着我）噢，这个，想法是有的，就看以后怎么发展了。目前多跟着学习学习，多积累些经验，等他们老了，干不动了再说。

我：现在从你一个年轻人的角度来看，你觉得你们黄河水上救援队还需要社会与政府方面给予什么样的支持啊？

宇超：这个哇，没敢想过，具体的也……说不上来，但有点资助和支持那是最好的了。三舅他们年岁大了，可以整天都待在这里，但对年轻人来说真的不现实，再说也不能总是尽义务啊，光靠尽义务不行，还要生活呀。现在生活压力这么大，我们有家庭，也得吃饭呀，也得为娃娃着想啊，得有经济来源养家糊口啊。可我们现在收入来源和人身保障都比较低。如果想把这个公益救援进行下去，这个问题不能不解决，这或许就是外面年轻人不爱来的原因吧，所以现在也挺尴尬的。

我：是啊，是个大问题。这一段黄河这么多年来发生了那么多的故事，这些故事背后蕴含的精神力量值得挖掘，值得一代一代人传扬下去。虽然时代在变迁，但公益还得做，如何做呢？咱们得用新的思想与方式来考虑。

宇超：对，对。

我：宇超，你和你弟弟现在还年轻，想法也多，接触的范围也会更广，“黄河救援”这项公益事业还需你们兄弟俩撑起来，好好传下去。现在遇到的问题，相信以后会找到解决办法的。

宇超：嗯嗯，我会努力的，加油！

第七节 王长根:“凌晨两点半”

一

2009年7月21日，临近中午时分，烈日当空，风缓云懒，黄河水奔流了一上午，此时也放缓了节奏。

210国道包头黄河公路大桥的新桥下，一位戴着墨镜的年轻男子立于河边，环顾四周一圈，最终挑帘走进了离他最近的老李鱼馆。

老李鱼馆占地面积不大，就是一个蓝顶白墙的简易板房。说起这个鱼馆，开业已整整两年了，因为味道不错，在这一带小有名气，关于这一点，鱼馆的主人之一王长根倒是有些小自豪。多少年在农场种地，也没见有多大的奔头，自从村里土地被高新区征用，没有地种的他来到河边与姐夫合开了这家鱼馆，收益在上升，当初的无奈变成了今日的喜悦。至于为什么叫老李鱼馆，不叫老王鱼馆呢？因为姐夫姓李，大者为尊嘛，再者，河边也有姓王的鱼馆，这么起名以免混淆。

鱼馆里，刚给一桌客人点完菜的王长根抬头仔细打量了一眼走进鱼馆摘下墨镜的男子——年龄应该不到四十岁，个头一米七三、七四的样子，比自已高点，较匀称的身材，只是肚子有些微微隆起。圆圆的脸庞，白皙的皮肤，短短的寸头，看人的眼神略显迟缓与忧郁。他上身穿一件合体的细条纹白色商务半袖衬衣，下身穿一条藏蓝色西裤，脚蹬一双黑色大网眼皮凉鞋，腋下夹着一个不大的黑皮手包。

“老板，欢迎，快里边坐！”王长根一边心里想着这一定是个有钱人，一边热情招呼道。

“有没有凉快一点的地方，这天太热了。”男子有些生硬地问道。

“有！有！有！您看坐在这里如何？这儿有风扇，保您凉快。”王长根说着把男子让到靠窗离风扇最近的地方。

男子环顾一圈，似乎也没有更多的选择，于是把手包和墨镜放到了那张四人餐桌上，坐了下来。

“有冰镇矿泉水吗？”看着要给自己沏茶的王长根，男子解开上衣领口的第二颗扣子问道。

“有呢，马上就给您去拿。”王长根停下手中的活儿，走向放在板房一角的冰柜。

“您想吃点什么呢？”把冰镇矿泉水递给男子后，王长根客气地问道。前台服务员正在后厨帮忙收拾鱼呢，他这个鱼馆小老板身兼数职，哪里缺人补哪里，小本买卖嘛。

“都有什么特色呀？”男子喝了几口矿泉水后，漫不经心地问道。

“有黄河鲤鱼、鲇鱼、鲫鱼、红眼、小杂鱼、炖羊肉、笨鸡……”王长根边如数家珍般地介绍着，边把塑封的单页菜谱递给男子。

男子前后详细地看了看菜谱，之后往桌子上一扔说道：“各种鱼都来一条，再配一个凉菜、一个油炸花生米。”

“各，各种鱼都来一条？老板，您……几位啊？”王长根疑惑地问道。

“就我一个人。”男子心不在焉地回答道。

“就您一位呀，那，这些可吃不了啊！”王长根更加疑惑地看着男子说道。

“你别管了，上哇，短不了你的钱。”男子有些不耐烦地说道。

王长根刚想再说什么，忽然一阵手机铃声响起。只见男子拉开手包取出两部时兴的平板手机，这种手机应该卖八九千一部。打开的手包里还露出一厚沓钱，还有一盒中华烟，可真是个有钱人啊！王长根心想，自己的判断没错。

男子看了看响铃的手机，犹豫了几秒钟，没接。他看了看王长根，摆摆手。王长根知道是什么意思，于是进厨房给他准备菜品去了。

从男子一进门的眼神里，王长根就感觉到了点异样，点了这么多菜，也很不正常。不会是有什么想不开来河边寻死的吧？看样子挺有钱，不会吃了饭不给钱的，管他呢，进门便是客，先给他上吧，不过可不能都按他点的上啊，肯定吃不了，太浪费太可惜了。想到这里，王长根暗下决心，慢点上，少上一点，看看再说。

“服务员，给我来瓶冰镇啤酒。”外面的男子喊道。

“好嘞，好嘞。”王长根边应着，边端了一盘凉菜，拿了一瓶冰镇啤酒送到男子桌上。

吃了一会儿，男子的手机又响了，男子挂断，又响，又挂断，这样反复了几次。再一次响起时，男子一仰脖喝干了杯里的啤酒，接起了电话："大哥，您给我点时间好吗？我，我不是不还，我、我、嗨，我一定尽快……"

好一阵沉默，男子忽然有些急躁地朝王长根吼道："怎么还不上鱼呀？"

王长根一惊，赶忙回复道："多炖一会儿入味好吃，您先再喝两口，马上就上。"

当王长根端了一盘不算大的家炖鲇鱼上桌的时候，男子"嗯、嗯"了好几声后情绪更加低落地把手机扔在了桌子上，显然刚刚的电话带来的也不是什么好消息。

"服务员，油炸花生米呢？其他的鱼快点上。"男子烦躁地催促着。

"行呢！"王长根尽量用平稳的语气答应着，他知道这个男人一定是遇到什么事了。

"嗨，哥们儿，你这儿有白酒吗？这啤酒喝着没劲。"男子突然换了一种称谓，边说边向柜台走来。

"对不起，白酒刚好卖完了，送货的还没给送上来呢！"王长根抱歉地回答道。

"这桶里的不是白酒吗？"男子仔细搜寻了一番，发现一个装满液体的五升的塑料桶。

"哦，那是我们自己打的高度纯粮散白酒，自己喝呢，不卖的。”王长根解释道。

“有酒不卖，有钱不挣，傻呀？哪有这么做生意的？”男子语气有些激动，“我也爱喝高度纯粮酒，来啊，先给我来上半斤，多少钱一并算在饭钱里。”男子说着，就要自己动手去拿那个塑料桶。

“来来来，还是我来吧。”王长根见状赶紧自己动手，找来一个大纸杯给他倒上白酒。

鱼馆里陆续来了客人，没多久基本就坐满了。王长根忙里忙外的，但他还是格外关注那个男子。

男子时而烦闷没耐心地接个电话，时而语带祈求地打个电话，时而百无聊赖地抽口烟望望窗外，时而大口吃鱼大口喝酒。

王长根忘了男子喝到几点，他只清晰地记得，男子不听劝阻又要了一大杯白酒全都喝掉了，而且走的时候又让王长根给他灌满了一饮料瓶的白酒，还向王长根询问怎样去坐快艇。

王长根找给他零钱，脸已醺红的男子大方地摆手说不要了，然后有些踉跄地出了门，消失在燥热的午后。

二

笃笃笃，传来了三声轻微的敲门声，过了一会儿，敲门声变得有些沉重急促了，砰砰砰。

“啊？！谁呀？稍等一下。”从睡梦中惊醒的王长根边应答着，边起身拉着灯。对面墙上的石英表显示的时间是凌晨两点三十分。

“什么情况？”王长根嘟囔着穿上拖鞋向门边走去。自从开了鱼馆，夏天王长根基本就住在这里。

吱呀一声，门被推开了。寂静的门前一个光溜溜的男子在惨淡的月光下站在王长根眼前。

“啊！”王长根惊呆了，险些倒退一步。

“是我！”门外的人闷闷地说了一句，同时用双手遮住下体。

“您是？噢，是您哪！”王长根揉了一下眼睛，认出了眼前的这个人就是中午在鱼馆吃饭时被他关注的那个男子。

“您这是咋来来？怎么赤身裸体的？出什么事啦？”王长根急切地问道。

“我能进去吗？进去再说。”男子求助地说道。

“能，能，能，快进来！”王长根急忙闪到一边让男子走进屋里。

灯光下，王长根发现男子白皙的皮肤上已显出了大面积的红色，脚上沾着泥土，头发是湿的，身上还有泥巴，估计是刚从水中上来的。

等到男子在凳子上坐稳后，王长根问道：“您的衣服呢？”

“都，都他妈扔水里了。”

“那，那您先看看边上挂的我的那些衣服，挑一件穿，这样光着也不是回事儿啊！噢，那儿还有双拖鞋你穿哇。”王长根知道这里面一定有故事，但他可不想大半夜的面对这样一个赤身裸体的男人。

男子起身选了一条大裤衩和一件旧圆领半袖穿上，虽然从款式、质量上都比他中午穿的那身差远了，但至少有了蔽体之衣了。

“老哥，您这是咋的啦？”沉默了一会儿，王长根问那男子。

男子没吭声，忽然哇的一声哭了起来。

王长根没说话，让男子哭了个够，等男子哭完，他点着了一支烟递了过去。

“一晚上跳了三次河，都死不了，真难受啊。”男子深深抽了几口烟，才开口说道。

“怎么回事？出什么事了？怎么还跳了三次河？”王长根吃惊地问道。

“唉，被骗了，融资失败了，外欠了二百多万元的债务，这里面四五十万是向亲戚借的。我已经亏了这么多了，这些人天天向我催债，一点儿不给我鼓励与想办法的机会，真气人呢，还不如快死了哇，一死百了。”男子垂头丧气地说。

“这么大金额？那您的衣服、东西都扔到河里了？”

“嗯，跳河前都扔到河里了，就要死呀哇，都没用了。”

“那您身上怎么红了呢？”

“大晚上，我看到没人了，就先从旧桥上跳了下去，可能是因为我会游泳，对，我还获得过咱们包头市游泳比赛的亚军呢。”男子有些不好意思地抬头看了王长根一眼，接着道，“一到水里，被水一激，这人啊，求生的欲望真高呀，加上中午在你这儿吃喝得又多，跳水后那水喝了几口实在是喝不进去了，心想快出来哇，一会儿再死吧，就这样两个来回。唉，后来呢，我又小跑到你家鱼馆这边的新桥上跳了下去，落水的地方水比较浅，我几乎是平拍在水面上了，摔得全身通红，挺疼，还是没死……”男子说着向王长根摊开了双手。

“这人，最宝贵的就是生命，生命对于每个人来说只有一次，一时的挫折和不如意，回头想想，那，不过是小事一桩，命没了，一切也就没了，活着，一切终将会好起来的。今天发生的事儿，说明您真不该死啊，阎王爷不收您，预示着您还有大事要干的，有可能还能干成，如果干不成再死也来得及啊。”王长根不知道自己哪来的这一通说辞，说完了感觉都不像是从自己口中说出来的，为了掩饰尴尬，他提高声调说，“好好活着哇！游泳亚军！”

“噢，好好活着哇！”男子轻轻地重复着王长根的话语，略显诧异地上下打量着这个鱼馆的小老板。

王长根站起身来给男子续了一支烟，开始在屋子里来回踱步。

“你看我，我也投资失败过，被人骗过，我不活了，能对得起老婆孩子父母吗？现在我不就打起精神，制订还款计划，一点一点还。我不是也在积极想办法，挣钱还钱吗？这样那些债主看到我的样子也就放心了，不再逼我。再说了，我曾跟他们说过，这些钱我认，我也是被骗了，但我答应还你们就一定还，如果我死了，那钱肯定就没人还你们了，给我点时间，他们一听也是这个道理。这不我现在开鱼馆，生意还不错呢。那些债主也常来照顾我生意，一则捧我的生意让我快点挣钱还他们，二来每次他们来了，我有点钱就还他们，压力越来越小了，现在关系还真不赖呢。”王长根边来回走边说道。实际上，这故事是王长根编的，就为开导眼前的男子。

“是吗？”男子的眼神充满了怀疑。

“您从我鱼馆吃完饭去哪儿了？”怕男子看出破绽，王长根转移了话题。

“我去旧桥那边坐快艇去了。找了一家，没让坐，又找了一家，好说歹说才上了船。”男子有些不解地回答道。

王长根微微地动了动嘴唇，这个只有他知道。男子离开他的鱼馆时打听怎么坐快艇，他心想这家伙不顶对，当时新桥这边还没有码头，码头全在旧桥那边呢。于是王长根就给在河边经营游艇生意的王三打了一个电话，把男子的事和王三说了一遍，强调说，那家伙不大对劲儿，你可要操心的，万一这家伙一下子从船上跳下去呢，可坏了，害怕呐哇。王三听了王长根的话没拉男子，男子是找了另一家，拉了他一下午。

“那你坐了一下午快艇后，没回家就去了西边的那片树林？”王长根猜测着问。

“嗯？你怎么知道的？”男子吃惊地问。

“嗨，我也是猜的。”王长根突然关心地问，“那瓶散白酒您喝了吗？”

“喝了。坐完快艇我在树林里睡了一会儿，醒了看到好多未接电话，自己又打了几个电话，都很让人失望。我那会儿情绪低落至极，就把那瓶酒都喝了，反正要死了。”男子停顿了一下，若有所思地说，“那酒不对劲，味道很寡，像是在喝水。”

“您中午没少喝，那会儿酒劲还没过呢，自然就感觉什么都寡得很。”王长根打圆场，但他略带不自然的表情让男子捕捉到了。

“不对，那酒一定是掺水了。是你干的？”

“那不是看您喝了那么多了，怕出事嘛！所以，才在您带走的那瓶散白酒里加了水，不过那瓶酒可没收您钱啊！我保证！”王长根嘿嘿笑着说。

“如果，那瓶酒不兑水，我喝了肯定会醉，那……跳水后，我还能上来吗？”男子像是自言自语地说道，片刻后，他站起来，走到王长根面前，突然双手抓住王长根，“兄弟，是你救了我呀！”

“不不不，不是我救了您，还是您命不该绝呀，大难不死必有后福的。”王长根边说，边安抚着男子再次坐下。

三

2021 年 7 月 22 日，大暑时节，风轻云淡，艳阳高照。临近中午，一对五十多岁颇有气质的夫妻来到 210 国道包头黄河公路大桥的新桥下。他们沿着河边四处张望着，并不时地向周边的人们打听着什么。

如今，新桥下也建起了一个码头，和旧桥那边的老码头一样承揽着快艇游览业务。身穿橙色救生衣、头戴一顶军帽、眼架一副墨镜的王长根此时刚刚载着一批游客从黄河上游览归来，坐在岸边的凉棚下，大口地喝着解暑凉茶。

“师傅，跟您打问个事儿？”那对夫妻不知何时已来到王长根身边。

“你们想坐船？”王长根抬头问道。

“不不不，就是想跟您打问个事儿，想找个人。”夫妻俩几乎异口同声地有些着急地说道。

“什么事儿？什么人啊？”王长根觉得眼前的男子好像有些面熟。

“记得多年前，这儿河边有个鱼馆，叫什么来着？好像，好像叫老李鱼馆，现如今不知搬到哪里去了，我想找那个鱼馆的老板。”中年男子说道。

“您认识那个鱼馆的老板吗？叫什么名字啊？”王长根一愣，又上下详查了一番眼前这对夫妇问道。

“认识，可叫什么名字，我当时却忘问了。”中年男子有些遗憾地说。

“十多年前，我丈夫因为投资失败，在黄河边自杀被那个鱼馆的老板给救了，丈夫回家后我才得知这事儿，那个后怕呀。那件事之后，我们就离开了包头，到外地重新创业去了。这么多年了我丈夫都念念不忘。今年我们回包头，他说一定要找到这个救命恩人，不然心中总有一块石头落不了地，这不我们就来了。可一来，找不到鱼馆了。”中年女子有些焦急地说道。

“您没有那位鱼馆老板的电话？”王长根平静地问道。

“没有哇。”中年男子有些懊悔地回答道。

“十多年前的一天中午，一个男子来到这儿的老李鱼馆，要了一桌子鱼，喝了两大杯白酒，又带走一饮料瓶白酒，然后坐了一下午游艇，之后半夜敲开了鱼馆的门……”王长根像讲故事似的述说着。

“您说的这个人就是我呀！您，您怎么知道这些事儿呢？”中年男子惊诧地问道。

“那，您看——您认识我吗？”王长根缓缓摘下墨镜和帽子，慢慢站起来问道。

“您是？哎呀呀，哎呀呀，兄弟，就是您呀！老婆，这就是我要找的人哪。”中年男子猛拍了一下双手，兴奋地抓住了王长根的手臂。

“恩人哪，我们终于找到您了！”中年女子激动地说道。

“快坐下，快坐下，哪是什么恩人啊。还是老哥您命大啊，不该死啊！”王长根笑着说道。

“兄弟，别怪罪我啊，现在能正式问一下您的大名吗？”

“王长根，三横一竖的王，长短的长，树根的根。”

“好好好，终于知道恩人叫什么名字了。我叫辛长福，这是我爱人潘彩华。”

“我们的名字里都有个‘长’字，是长短的长吧？”王长根边向潘彩华点了一下头，边问道。

“是呢，是长短的长，真有缘呢！”辛长福高兴地回复道。

“长根，我们家长福是 1969 年的，您是哪年的？”潘彩华问道。

“我是 1971 年的，应该叫你们哥嫂呢。”王长根回复道。

“好好好，我又多了一个兄弟了，而且还是救过我命的好兄弟啊！如果不是兄弟您在酒里做了手脚，我肯定是没命了，这一点我十分清楚。”辛长福感慨道。

“是啊！是啊！长根，您是个大好人！长福一直这么说呢。您救了我丈夫，您救回了我一生的幸福！这么多年来，我们心里一直感激您。太谢谢您了！”潘彩华说着眼圈就红了。

“这一晃十多年了。那天晚上我们一直叨拉到天亮，临走时，我还说给您拿点钱，您坐 18 路回家哇。您说，不用了，溜达着就回啦。如今，我们又见面了，有缘人啊！”王长根边回忆边感慨。

“是啊！兄弟，不是您的酒，我活不了，不是那段叨拉，我也走不到今天。回去后，好好回味着您讲过的话儿，于是我就发誓从头做起。”

“您现在胖了不少，变得比以前更富态了，更有精神了。”王长根笑着说道。

“兄弟您却变黑了，有些瘦了。为什么不再经营鱼馆而在这里经营快艇业务了呢？”辛长福望着王长根关切地问道。

于是王长根就把国家出台保护黄河沿岸湿地政策、整治取缔各类经营网点，关掉鱼馆后他加入王三黄河水上救援队，这里成为一个救护点，边经营游艇业务养活自己边承担救援任务的前后经过讲给了这对夫妇听，两人听得频频点头。

“那您在这里一个月能挣多少钱？工资谁给开呢？”长福冒昧地问道。

“这个嘛！也就三千多一点吧。工资由王三黄河水上救援队给开。”

“这么点钱能够生活吗？”长福有些惊讶地问。

“嘿嘿，多少是个多啊？”王长根打趣地回复说。

长福转头看了一眼自己的爱人，潘彩华马上明白了，赶忙从随身背着的挎包里拿出一个鼓鼓囊囊的大红包递给王长根：“长根，这点钱是哥嫂表达个心意，请收下。”

“使不得，使不得。举手之劳，谁遇到这种事儿都会想着帮忙的，再说了我真的不是什么救命恩人。”王长根推辞着死活不收。

河岸边来了一拨游客，王长根起身提示大家岸边水深、注意安全，又向问询快艇价格的几个游客进行了解答，之后他又坐回到凉棚里。

潘彩华关心地说：“长根，救人多危险哪，闹不好……”

“是的，嫂子，很危险的。我们必须时刻保持警惕，不过，从小长在这里，对这片黄河比一般人了解得多，所以也就不怕了。”王长根接过辛长福递过来的一支烟说道。

“家里人不担心吗？”潘彩华问。

“也担心呢，总是嘱咐，不过时间长了，也就习惯了。”王长根吸了口烟，轻松地说道。

“长根，这么长时间了，您统计过救过多少人吗？”辛长福吸着烟问道。

“嗯……这个嘛，还真没统计过，救过了就救过了，没去记录。不过每年都会有的，劝返的、水中救起的，十几个二十几个。”

“长福，我想把你的想法现在就跟长根兄弟说了，怎么样？”潘彩华看着自己的丈夫询问道。

辛长福点了点头。

“长根，是这样的，自从出了那档子事情，我丈夫重新打起精神，我们去了外地，重新创业。如今我们的公司在杭州扎下了根，还清了外债，生意也不错。这次回来寻找救命恩人，还有个想法就是想邀请您去我们公司，工资比这儿高多了，吃的住的您不用发愁，怎么样？”潘彩华说完充满期待地看着王长根。

“嗯？”王长根瞪大眼睛看着眼前这对夫妇，似乎一下子没有理解。

潘彩华又说了一遍，并问道：“您考虑一下如何？”

“不不不，这里是我家，我的根在这里，我在这儿挺好的。真的离不开啊！”王长根摇摇头笑着说。

短暂的沉默后，辛长福开口道：“兄弟，有个问题我很好奇，你为什么要加入救援队干这个活儿呢？”

“我打小就生活在河边，救人的风气可以说是祖辈传下来的吧，见死不救说不过去。多年了，这已经成为我的一项事业，不去做好像生活中就缺少了什么似的，没着没落的。”王长根面带笑容眺望了一下奔涌的河水说道。

又来了一拨游客，上船了。

王长根与辛长福夫妇二人暂时告别，双方约定晚上小聚，再续前缘。王长根想给他们夫妇俩好好讲一讲救援队的故事，夫妇俩也想再争取王长根跟他们一起走。

此时，正午的阳光刚刚好……

第八节 王金锁:“传承”

一

2022年3月初的一个午后，个头不高、身材瘦小的雪峰带我走进王三鱼馆。这里是他每日必来的地方，无论休息与否。

“大舅，休息好了吗？”雪峰推开一间屋子的门，问道。

“噢，雪峰啊，休息好啦！”沙发上一位六十多岁、方脸短发的男子放下手机，抬头回应道。他就是雪峰的亲大舅——王金锁，王三鱼馆的主厨。

“大舅，记者来采访您，您准备得怎么样了？”雪峰进屋坐在了大舅对面的椅子上问道。

“采访啥呀？真不知道该说些什么，还是别采访我了。”王金锁有些为难地回复道。

“大舅，哪能哪，人家要采访每一位王三黄河水上救援队的队员呢。”雪峰说道。

“我虽说是救援队队员，但总感觉是个‘冒牌货’，没有亲自在河边救人，就在鱼馆里做饭啦。”王金锁似有歉意地答道。

我笑了，说:“这救人啊，不分下水不下水的，只要是尽了那份心就算得上是一个英雄行为。再说了，您虽然在鱼馆里，可您给那些从河里救上的人做过多少次饭呢，还有也上前去劝慰，这应该也算吧……现在包括您在内，还有您的姐姐妹妹们都在鱼馆里，村里哪家有困难了，你们这一大家子人都帮，有的就直接收留在鱼馆里打工，这其中还包括一些生活困难的大学生。而且，你们不仅救人，还慷慨解囊捐助过白血病患儿、尿毒症患者、边远山区烧伤父子、贫困美德少年等等哪。是不是，大哥？”

“你说得对，咱们的确做过这些事情。”王金锁点头承认道。

“大舅，我听三舅说过，您还救过咱们鱼馆员工的性命呢？”雪峰引导地问道。

“噢，那应该是2010年冬天的一日，照常咱们鱼馆的员工李润生每天上午八点多钟就该到店里上班了，但那天他十一点多了还没到，我感觉不对劲，和你三舅一起开车到了他的住处，结果发现他煤气中毒了，我们马上送他到医院，救了他一条命！”王金锁回忆道。

“大哥，这不就是您救人的实例嘛！”我笑道。

“还真是，你这么一说，我还真是个救援队队员啊！”王金锁笑着点头道。

“那当然了，您不是谁是啊？！”我逗趣地说道。

“可……那采访的内容，真不知该说些什么！”王金锁看着我还是有些为难地说道。

“大哥，咱们随便聊聊，您就从自己的生活讲起就行，也可讲一讲三哥小时候的一些事情。”

“生活？”王金锁陷入了沉思之中。

“大哥，您看，您现在是咱们王三鱼馆的主厨，鱼做得好吃，这是大家公认的，您就先讲一讲如何做鱼吧，这是第一点；第二点呢，讲一讲您在石拐煤矿工作的情况；第三点，就讲一讲您所知道的画匠营子村过去的一些情况，以及家里和三哥小时候的一些事情，怎么样？”

“好吧，那，咱就试一试。从哪儿开始来着？”王金锁打起了精神。

二

我：您今年多大岁数了？

王金锁：虚岁六十一啦，属虎的，今年 8 月份正式退休喽。

我：您哪年来的王三鱼馆？

王金锁：应该是 2005 年，那时企业效益不好，我们都下岗回家了，于是我来到了这里。

我：您的鱼做得很有味道，是祖传的手艺吗？

王金锁：不是什么祖传的手艺，不过也可能是受父母的影响吧。我打小就开始做饭，我们村就在河边，那个时候缺衣少粮的，只有各种鱼不缺，鱼是这里的特产，于是我就上手做鱼，以当时有的调料一点一点地练习摸索，全凭自己的爱好与琢磨，时间长了，积累了一些经验。

我：那您能不能讲一讲怎样做鱼呢？有什么秘方吗？

王金锁：哪有什么秘方啊！只是要选好食材做准备，配好辅料来爆香，控好火候去炖煮，这是我总结的三大原则。

我：请您讲一讲在石拐煤矿工作的情况，好吗？

王金锁：好的。1979 年我十八岁的时候，我从共青农场来到了位于阴山中麓石拐沟里的包头矿务局（同包钢配套建设发展的焦煤基地）长汉沟煤矿工作。这个煤矿是矿务局五大生产矿井（长汉沟、五当沟、河滩沟、白狐沟、阿刀亥）中的一个老矿，始建于 1956 年 4 月 5 日，俗称“二矿”。

我：那您到煤矿是做什么工作的？

王金锁：井下采煤工。

我：听说那可是又苦又累而且极其危险的工作啊。

王金锁：是啊，谁不知道下井苦、下井危险啊。可是没有办法，家里穷，我是老大，得挣钱养活一大家子人，责任重大。我没有怨言，这份工作挣钱多啊。而且长汉沟煤矿是国有正规的大煤矿，管理严格规范，安全是有保障的。

我：那个时候您能挣多少钱呢？

王金锁：刚下井的时候，前三个月每月挣的是四十九块八毛三的基本工资，三个月以后转正，每月挣的是五十八块三毛四，外加入井费，下一次给五毛钱，还有不断增加的奖金，就像我，每个月基本上都会被评为一等奖，奖金少说也得有五十多块钱吧。这样我每月总共能拿到一百多块钱吧，这在八十年代，是挣得很多了，可算是高收入了。

我：您能简述一下每天的工作情况吗？

王金锁：首先是班前会。下井前必须参加班前会安全教育，不接受班前会安全教育，是不允许下井的。第二是换衣服。开完会后，去支领矿灯、自救器，去更衣箱换上防静电的工作服（防止爆炸）。第三是坐罐笼。罐笼，有点像电梯，运送人员从地面到达井下几十米几百米深的地方，但速度比电梯要快得多。第四是作业区域。到达工作面后，各个工种岗位，各就各位，开始进行采煤作业。最后是干完活收工升井。

我：每天都是这样的吗？不单调吗？

王金锁：是的，每天的工作都这样，周而复始。是有些单调，但习惯了就好了。

我：看来您挺满意您的这份工作呀！

王金锁：是呀，我感觉或许这是冥冥之中注定的安排，我就应该在地下采煤！这是我所应该付出的，这是我梦想与烟火交织的地方，我感到很满意，不！是很满足，也很快乐。

我：您在长汉沟煤矿工作了多少年？

王金锁：到今年正式退休，已有四十多年了。不过十多年前就已提前离岗回到了画匠营子村里。

我：什么原因？

王金锁：原因嘛，2000 年后，石拐地区煤炭资源临近枯竭，已经于 1998 年归属中国神华集团的包头矿务局下属的企业先后破产、倒闭，这其中就包括长汉沟矿，企业效益不好，大幅减员，于是我就提前离岗了，落脚在王三鱼馆做了厨师。

三

我：那是什么原因促使您加入王三黄河水上救援队的？

王金锁：一方面，因为认真执着的弟弟王三不图回报的救人壮举，作为大哥，我全力支持他。另一方面，简单地说呢，就是对救人以及生命的体验与感悟。我七八岁时也被本村的人在黄河边救过，当时我陷在了河边淤泥里（这里的人只要遇见这种事儿都会出手救人的，这成了一种民风）。另外，我在煤矿井上井下的种种经历，让我对生命更加敬畏，更加珍惜。所以回来后我第一批就加入了救援队。

我：那，借此机会，您能不能讲一讲画匠营子村过去的一些情况，以及家里和王三小时候的一些事情？

王金锁：先说画匠营子村吧。虽然这个村子得名不到两百年的时间，但这块土地却有着比较悠久的历史。听老一代人讲，在村东边如今鱼塘附近，历史上曾有一座召庙，村里人口口相传，称为“胎（音）喇嘛召”，这座召庙据传兴建于元朝年间，老一辈人小时候都曾在破败的召庙附近玩耍。传说清代康熙皇帝沿黄河探源时，走到画匠营子村东胎喇嘛召，康熙帝口渴，进召庙喝水，喇嘛用粗瓷碗端来一碗白水，康熙帝喝完水指着召庙说——这是个穷召。后来此召果然日渐衰败，再后来有一半就被水冲塌了。除了这座胎喇嘛召，在画匠营子村西还有一百七十多年前建的奶奶庙和河神庙。据说，建这两座庙是为了阻住泛滥的黄河水。当时附近的村子每年都要办红火，但画匠营子村办红火与其他村不同，一定要祭祀、许愿。这种习俗在画匠营子村延续了一百多年，也代表着村民们对风调雨顺的美好期待。如今庙早就没了，这些习俗也消失了。

接着说我们家的情况吧。小时候，我们兄弟姊妹七个，母亲常年有病，后来抑郁喝药自杀了，全家就靠父亲一个人在队里赶马车挣工分来养活。我十八岁到矿务局上班前，那时的画匠营子村，叫共青农场七队、八队，大概有一千多人。主要以种地为生，也有机修厂、运输队、砖厂、乳品厂等。村里有所小学，桌椅全是用土坯砌起来的。中学离这里有十多里路。那时村里全是土路，房子也全是小土房。

我：那王三小时候是什么样的呢？

王金锁：王三小时候很淘，本地人讲就是“害”。上小学时爬篮球架子，掉下来，把腿给摔断了。就这样，也闲不住，打着石膏也会上房顶去玩。有一次，他推着手推车，车上坐着三个小孩，奔跑中，他得意忘形，连人带车跌落到坑中（冬天盛粪积肥用的坑），那三个孩子还好，只是一点儿擦伤，而王三呢，不知碰着什么硬东西了，头皮都给掀了起来，去医院缝了好多针，至今他脑后还留有清晰的疤痕呢。事后想想太危险啦！

雪峰插嘴：原来是这么回事，怪不得呢，我问了我三舅好几次，他后脑勺的疤是怎么来的，他不告诉我。

王金锁：哦，对了，我忘提一件事情了，就是我大妹妹和王三在 1985 年和 1986 年也都去了矿务局上班，他们是在四矿河滩沟矿上班。如今我大妹妹早已退休了。王三呢，上了一阵子班，也就几年吧，企业不景气了，开始大幅裁员，于是他就拿了点补助下岗回到了黄河边。到他结婚时，母亲已去世了，就剩下父亲了，我们兄妹几个资助帮忙勉强让他成了家，也真是不容易呢!

我：那您以后有什么打算呢?

王金锁：现在父母不在了，我是老大，每年把兄弟姊妹拢在一起，还是个大家庭。长兄如父，在家大家听我的，在救援队里听三弟的。我希望，救人这种好事一定要坚持下去，同时呢，我也想物色一个徒弟，把我的手艺传承下去。

第九节　张慧东:“满足”

“各位游客，快艇马上就要启动了，为了您水上之旅的安全和愉快，在这里花上几分钟时间，请各位耐心认真地听我宣读乘坐快艇的注意事项，并严格遵守——凡患有哮喘病、糖尿病、心脏病、高血压、传染病、肌肉麻痹症、骨质疏松症等影响乘艇安全的疾病，以及孕妇和严重晕船者请不要乘艇，若乘艇人隐瞒上述情况，登艇出航发生意外的，后果自负；六十周岁以上老年人和十周岁以下儿童应由成年人陪同乘艇；上艇后请细听艇上工作人员的讲解说明，包括行程、水况、安全设施的使用方法等，并自觉穿好救生衣；艇上禁止吸烟，严禁将猫、狗等宠物带上游艇；请自行保管好自身携带的手机、相机、摄像机等贵重物品，以免丢失或掉入水中；在航行过程中，乘艇人应坐稳抓牢，同时应服从艇上工作人员指挥，如有不适，应及时向其汇报；快艇行驶中，严禁打伞、拍照、摄影等影响快艇和个人安全的行为；请勿触摸驾驶台等艇上的各种航行仪器仪表，非经允许不得操纵快艇；为了保护黄河环境及保持快艇的卫生，严禁将垃圾丢弃在水里及快艇内；快艇未靠稳，请不要离开座位，待停稳后方可在工作人员的指挥下陆续安全离艇；在艇上的一切行为必须听从快艇工作人员的指挥或经其同意，对不遵守乘艇安全要求或未听从快艇工作人员在航行过程中的指令而造成不良后果的，游客应自行承担责任，造成快艇财产损失的要按价赔偿；如因乘艇人的行为影响或危及快艇正常航行，快艇工作人员有权宣布回航，乘艇人所付费用不予退还；如遇到恶劣天气或紧急事故时，快艇工作人员有权宣布回航，乘艇人所付费用按乘坐时间折算退回。”

5 月 1 日下午，在包头稀土高新区画匠营子村黄河段旧桥下王三码头即将出发的快艇上，驾驶员张慧东不厌其烦地用不太标准的普通话温馨提示着艇上的游客。这份安全提示，他每天不知要重复多少次。

微风从东南方向温柔地迎接着从西面缓缓流淌的黄河水，黄波荡漾。几只水鸟张开双翅从空中交叉俯身贴水面飞过，你追我赶，像是在进行一场激烈的短跑比赛。

快艇启动了，巨大的轰鸣声打破了旧桥与新桥之间午后的宁静。戴着一副墨镜、身穿橙色救生衣的张慧东朝河岸上挥挥手，载着一艇游客出发了。

立于岸边高处，只见一艘快艇以越来越快的速度驶入河水深处的航道。先是向旧桥疾驰，然后以一个亮眼的大转弯，敏捷优美地钻过桥洞，绕过桥墩，向新桥方向飞奔而去。快艇在水面上一起一伏，一左一右，犹如蛟龙摇头摆尾般地脱离了水面穿梭跃动，一浪浪惊叫声连同咆哮的马达声回荡在河面上。

快艇每每过处，一阵阵悠扬的水波上片片雪白的浪花就会在艇边和艇尾不停地翻卷舞蹈，像快乐的东风层层吹开梨花争相绽放。

远远望去，恍惚间，感觉整个快艇飞驰的沸腾画面就像是一柄硕大无比的锋利宝剑拖着一条长长的白色剑穗正在“穿越”般地劈波斩浪，驰骋飞扬，真是威武啊！

大约十分钟后，快艇返航靠岸，游客们兴奋地从快艇上下来，议论纷纷：“与母亲河的亲密接触，这是速度与激情的热烈碰撞，酣畅淋漓，让人欲罢不能啊！快艇启动的那一刻起，我的肾上腺素就慢慢地奔向了顶峰。炫目的速度，感觉就是快乐、刺激，真的很紧张又令人兴奋，爽！驾驶员的技艺高超，心态又沉稳，超赞！”

“耳边是呼啸的风声，迎面是打在脸上的水花，既凉爽又激动，那舒服劲别提了！我都大声地喊出来了，这一次绝对是非常难忘愉快的经历。快艇让我长了见识，感受到了黄河的威力，欣赏到黄河上别样的风光，挑战了自我，让我变得更加勇敢了！”

“真是太好玩了！风吹来，轻柔地抚摸着我的脸颊，凉凉的河水飞洒在身上，真是无比的通爽。感受豪情与速度，坐上快艇黄河里‘浪’起来哟……”

等游客全部上岸以后，驾驶员张慧东才固定好快艇最后上岸，映入我眼帘的是一个小圆脸、大眼睛、不到一米七个头的大男孩，最亮眼的是他理了一个桃心形的发型，跟相声演员郭德纲理的似乎一样，一看就很精神，又很有趣。

坐在岸边的休闲椅上，张慧东夹带着不算重的此地口音开始讲述——

“我叫张慧东，1986 年生人，属虎的，今年三十六岁了，因为在家排行老二嘛，大家都叫我二东。我从小随父母居住在包头市东河区河东镇 110 国道边上的南园村。我个人比较好玩，在家待不住，高中没毕业，我就跟着亲戚朋友跑运输，做小买卖。十多年前，2007年、2008年，我来到了黄河边，来到了这里。当时我在外面跑野了，不愿来，还是在父母的强力劝慰下才来的。

“我是王三爱人王春霞的两姨弟弟，是王三的小舅子。那时姐姐和姐夫在河边开鱼馆正好也缺帮手，我就来了，加上姐夫经营游船，以及救人，很多事都得大家一起干，搭建浮筒码头、保养修理船只、清理河道障碍物等，干得也是热火朝天的，我也逐渐喜欢上了这里。那时也不觉得累，总好像有一股激情支持着自己，直到现在。记得有一次，游艇螺旋桨被黄河里漂浮的麻绳给缠住了，勉强开回码头后，想了很多办法都没用，我就主动请缨，拿着锯弓潜到水下把麻绳锯断。类似这样的困难还有很多呢，我和救援队队员们都一一克服了，嘿嘿。

“以前我是个不折不扣的‘旱鸭子’，自己也没有想到有一天我会以河为生。我们经营游艇一是为了谋生，养活这些救援队队员；二是为了随时发现落水者而去及时救援，因为游艇快啊，时间就是生命，最佳的救援时间只有两到三分钟，耽误不得！”

接着，张慧东讲述了到目前为止印象比较深刻的两件事情——

2018年6月底的某天早晨六点多，天已大亮，徐徐的清风中，前一夜在河边值班的张慧东业已起床整装待发，准备开始巡逻了。这是王三黄河水上救援队值班队员每日早上进行的第一项工作。

忽然，一辆出租车从旧桥边的土路上疾驶而来，一阵烟尘中停在了值班室门前。一位中年男驾驶员推开车门就对已走出值班室的张慧东喊道：“师傅，估计有人要跳河自杀呢！”

原来一早跑车的这位司机在昆区香港花园门口被一位年龄四十多岁、一看就是刚起床还未梳洗打扮的女人招手拦住。上车后，该女子抛下一句“去黄河边”，便不再开口。一路上，女子的手机响了多次，她也不接。出租车司机反复询问情绪低落的她为何要去黄河边，但女子始终未说话。出租车在旧桥远离河边处停下，女子付了车费下了车。出租车司机感觉不对劲，怀疑她有轻生念头，于是开车就冲到救援队值班室门口，恰好遇到正要出门巡逻的张慧东。

顺着出租车司机手指的方向，张慧东看见不远处一个女子正在河岸边高处来回徘徊，十几秒钟后，只见那女子已经小跑着往水里跳了。见状，张慧东转身拿上救援长杆，急速向停靠在岸边的快艇跑去。

启动，加油，快艇像离弦的箭一样飞出……

此时落水的女子挣扎着在涌动的水流中漂向新桥方向。张慧东加大快艇油门，以最快的时速总算在新桥下追上，超过，然后熄火，张慧东从艇的侧面用救援长杆探到落水女子，并在其本能地牢牢抓住长杆的情况下将她拽到快艇边，用尽全力将女子拉上快艇，这些动作一气呵成，迅速完成。

再次启动快艇返回岸边，在河中已经呛了几口水的女子在艇边吐了一会儿，渐渐恢复了些精神。在相继赶来的其他人的帮助下，女子被送到了岸边的值班室里休息，之后联系其家人把女子安全地接了回去。

为什么能记住这件事儿呢？因为这是张慧东第一次独自完成的救援行动，而且是在两到三分钟的最佳救援时间内完成的。

还有一次是2020年5月中旬的一天，新冠疫情缓解，人们渐渐舒缓过来，分别寻找着各自的休闲放松方式。

一对五十岁左右、穿着颇有些气质的中年男女并排来到奔涌的黄河边。已经下午四点多了，艳阳收敛了些许光芒。伴着夹杂潮湿泥土气息的阵阵凉风，也许是走累了，或许是受到晃动的波纹吸引，中年女子提出要在水边小憩一会儿，中年男子迟疑了一下，点头同意了。中年女子从背包中取出刚收起的遮阳伞放在河边土塄上，坐下。中年男子默默地站在她的身边。不一会儿，女子把鞋和袜子都脱了，整齐地放在旁边，试探着把双脚放入不算凉的水中。

这个中年男子姓杨，以前就是画匠营子村的，做买卖挣了些钱后搬到东河区里住了。中年女子是东河一个大饭店的掌柜的。两个人都已离婚，疫情前在朋友的一次聚会上相识，交往甚欢，双方都觉得对方不错，于是准备走到一起，只是现在还没有正式领结婚证。

然而世事难料，受到疫情的影响，双方的生意都先后陷入了困境，加之女方家人的强力阻止，二人的关系出现了一些裂痕，莫名其妙的小事儿也会拌起嘴来，不过两人还是十分珍惜对方，每次吵完架后很快就会和好。

中年女子在水边悠闲地泡脚玩水，杨姓男子似乎感觉有些无聊，走到稍远处点着了一支烟，望着河水若有所思。

此时，中年女子转身跟杨姓男子说话，但他离着远没听到，中年女子起身想走近杨姓男子，结果脚下一滑，失足跌落水中。

女子“啊”的一声尖叫和落水声惊动了旁边抽烟的男子，男子不及多想，扔掉香烟，三步并作两步地跳入河中施救。可这两人没有注意到，当时他们所处的地方水比较深，水流又急。岸边就有一块“河边水深，注意安全”的警示牌。

为什么张慧东能记住这件事儿呢？因为他全程参与了这两个失踪人员的搜寻工作，这也是他目前为止参与救援耗时最久的一次，更令他印象深刻的是人言可畏：当时女子的尸体很快就被找到了，但杨姓男子却失踪了，于是就有了传言——说男的图财，有意把女的害死后跑了，结果二十天后在很远的地方杨姓男子的尸体漂了上来，传言才逐渐平息。

“这件事本来不该发生，可是却发生了，很悲惨。所以大家以后一定要远离危险水域，保护好生命！现在，我跟着姐夫开展救援工作已经有十余年了，具体救了多少人、劝返了多少有自杀倾向的人，我们也没有统计过。加入救援队后，我学会了游泳，还专门参加了包头市海事部门组织的船舶驾驶考试，成为黄河边第一批船舶驾驶员，加上已有的汽车驾照，我也算得上是持有‘双证’的人了，挺自豪的。我除了会开快艇，还熟练地掌握了橡皮艇驾驶、心肺复苏救护等一些项目。人手不够的时候，就哪里缺人去哪里。在王三黄河水上救援队里，我主要负责开船、值班、开车和巡河。

“刚来时我已经二十多岁了，后来在亲戚们的热情介绍下，在姐姐和姐夫的大力张罗下，我娶了媳妇，并在附近买了新楼房。媳妇比我个子高，也在鱼馆工作。如今我孩子已经六岁了，马上就该上小学了，可以说我是真正的稳定了。

“每次航行，我都会做好游艇的检查与保养，进行启动前的准备工作，严格按照《游艇操作规程》启动操作程序，进行航行，真正将安全时刻体现在行动中。这是对自己、对家庭负责任，也是对游客负责任。对于游客在航行中想要惊险、刺激一点的要求，我也会在安全的范围内尽量满足，因为有经验，有能力，能把握住。河面上风稍大的时候就开得平稳些，遇到大风暴雨时是绝对不允许开船的。

“您问在新旧两个桥之间，这片区域有没有经历过异常天气情况？有呢，经历过，一般一刮东风就会有，河水是从西往东流的，风是从东往西刮的，一遇在这时就会起大浪的，高时有一两米呢，很吓人的！

“有人说，这片水域像是一道‘鬼门关’，那我们就是‘守关人’喽，没什么可怕的。我现在形成了一种职业习惯，咋说呢，就是看到一个人在桥上溜达的、在河边呆立的、情绪不稳定的，我就会盯着，注意上了。碰到落水的，绝对不会耽搁，第一时间冲向事发地点。

“画匠营子村这片黄河区域空气清新，生活在这里好得很啊，我每天在这里待着丝毫没有厌烦的感觉，一边守着奔涌的黄河水，一边忙着救援队的事业，这就是我幸福满足的时光。”

第十节　刘雪峰："救援日记"

2022 年 3 月 5 日

星期六　晴　西南风 3—4 级

昨天就听我妈叨咕说，今天是惊蛰了。这意味着快开河了，我们救援队又要忙碌起来了。

每年的 3 月 5 日是全国学习雷锋纪念日。关于雷锋这个榜样，爷爷奶奶、我爸我妈那两代人都知道，而我们只能通过延续的宣传得知了。"雷锋精神"在我心中已经成为"全心全意为人民服务精神"的代名词。还好，我所在的单位前几天就已经做了安排，我也有幸加入其中，真高兴！不过有个小秘密真没说过，那就是自从我 2016 年到环卫公司工作开始，到目前单位还不知道我加入了王三黄河水上救援队。为什么不说呢？我不乐意说，觉得没必要去宣扬，默默付出就行了。媳妇和丈母娘也不知道救人有多危险，我不说也是怕她们担心。朋友和同学知道我在做这件无偿救护的事，他们有的也想加入救援队呢。

2022 年 3 月 10 日

星期四　多云转晴　东北风 3—4 级

一冬天了，本以为疫情闹的，人们多数都居家了，黄河边应该不会有溺水跳河的了，这算是个好现象吧。可没想到，今天又出事儿了，有人跳河了，没救上来，这是今春的第一跳吧，真闹心！

我今天在单位上班，回来听二舅王连锁讲述了事情的大概经过：

上午九点多钟，一个四十多岁的高个男子来到河边站在冰面上，旁边观测点上的二舅就喊着告诉他不能再往前走了，这里危险，冰踩塌了会跌进去呀。

可那个男子在二舅连喊了几声后，却出人意料地脱了衣服，飞跑着跳到了河里。二舅一看，转身赶忙抄起一个漏斗杆子追了过去，但那男子已经顺河水漂远了。二舅赶忙给三舅打电话，三舅闻讯急速赶来，他们拿着带钩的长杆子沿河岸顺流去追赶。

在一个拐弯处，三舅看到水中漂浮过来一样东西，还以为是溺水的那个男子，于是奋力拿杆子捅了过去，结果钩上来的只是男子的裤子，人不见了。

三舅他们报警后，警察从遗留在岸边的褂子里发现了该男子的身份证：这个男子是 1982 年出生的，包头市土默特右旗将军尧镇人。

男子的媳妇接到消息后来到河边哭着说，她男人没有工作，挣不上钱，有些抑郁了，在家憋得难受，就说想去临河走一走，那里有亲戚朋友，都买好火车票了。万万没想到却跳了河。

真是啊，这人哪，怎么能做这样的选择呢？！这么年轻，有啥过不去的呢？非要走这一步。

2022 年 3 月 19 日

星期六　多云　西南风 3 级

又是一个周六，前三四天，我们这段河就开河了，大片流凌从西面流过来，似乎今年的流凌来得晚了一些。

今天有记者来采访三舅，我在旁边听他们采访的时候，也开始注意我与救援队的事情了，以前的日记中好像就没怎么记这些东西，今天也算是一种“补录”吧。

听三舅多次讲过，早在 2012 年他就有成立救援队的想法，因为仅那一年，我们这黄河边就发生了好几起溺亡事故，三舅也打捞了很多尸体。看到死者家人悲痛欲绝的样子，三舅心里触动很大，黄河大桥范围这么大，有很多他自己看不到的地方，只能救助眼前的人，如果有一支救援队伍到处去巡逻，就能挽救更多人的性命。

经过多方努力，三舅的想法得到了政府与周边人的支持，2013 年 4 月 28 日，三舅牵头和其他六位村民在黄河大桥岸边正式成立了王三黄河水上救援队，这是内蒙古成立的首支民间黄河水上救援志愿服务队。当时这个队伍平均年龄四十五岁，最小的是三舅本人，年龄最大的六十四岁，加入团队的条件是水性好、热心肠。

如今，救援队已经扩大到十三人，成功实施了近二百多次救援。每隔两个多小时，救援队员们就会在黄河大桥五公里范围内巡逻。用媒体的话说，就是黄河边救人，从一个人的战斗变成了一群人的事业。在黄河岸边竖起了一道“生命屏障”。

2014 年我从东胜华泰汽车厂回来后看到三舅他们救人很受感动。三舅这个人很朴素，但做事却让人很敬佩。他的精神、他的一言一行都感染了我，于是在征得我妈的同意后，我自愿申请加入了救援队，并考取了快艇驾驶证，专门负责开快艇，当驾驶员。那年我十九岁。以前三舅有条普通的船，成立救援队后，又买了快艇。2016 年我到了高新区环卫部门工作，但放假休息时，我就会回到救援队上岗。

作为一名救援队队员，我感到十分的自豪！每周末如果不来黄河边，心里就像少了些什么。

2022 年 4 月 4 日

星期一　晴　西南风 3 级

清明假期头一天，这是个大日子，因为作家水孩儿他们策划要拍摄的纪录电影《好人王三》，上午在黄河边旧桥那里的房子前举行了开机仪式。我们救援队的队员能来的都来了，大家一起喊着“开机大吉”，真是由衷地高兴。破天荒的头一次哇，反正我以前没见过。

在开机仪式上，三舅和编剧水孩儿及影片的拍摄方现场签署了授权书。

因为是清明放假，上午来黄河边游玩的人很多，我开着快艇拉着我三舅他们沿河巡逻，我三舅不断地拿扩音喇叭提醒大家不要在河边嬉戏，以免落水。可有的游人就是不听，还反问我三舅，说：“这黄河是你家的？我落水也不用你管。”

我三舅很无奈，这些人的安全意识太薄弱了，也太无知了。他们以为岸边水很浅，人掉进去也没事，其实岸边有的地方水就有两三米深，如果救援队队员不在旁边，一不小心就会被激流冲走的。

果不其然，我刚把快艇停好上了岸，就听到不远处有人喊救命。我和三舅急忙跑过去，见一位年轻的妈妈和一个六七岁的孩子裤脚和鞋子都湿漉漉的，站在岸边，惊魂未定。

就是刚才我三舅告诫她不要在岸边玩水的那对母子。

原来，那个小孩将脚伸进水里，他妈妈在旁边拉着，一把没拉住，娘俩都栽到水里，幸亏当时岳老在旁边，他手疾眼快，一伸手就把这娘俩拉了上来。

这女人看到我三舅也不说话，收拾好随身物品就带着孩子离开了。岸上的人看到这一幕，也不敢再靠近水面了。

中午，拍摄团队刚刚离开，队员们正准备吃饭，我三舅忽然发现大桥上有一个身影。看样子是刚刚从出租车上下来，我三舅说了声“不好，有人要跳河”，便吩咐长根叔和岳老快速从一旁上桥，让我发动快艇随时待命，准备救援。

那个男子看起来神情恍惚，他在大桥上走着，也不避让身边驶过的车辆。我有些紧张，虽然我知道只要他跳下来，我发动快艇过去，几秒钟就能将他救上来，但我还是不想他走这一步。

我三舅也全神贯注地盯着他，这时，我看到长根叔和岳老已经悄悄到了他的身后，他们趁他不注意，一把抓住他的胳膊。

我三舅长出了一口气，连声说着“没事了，没事了”。

长根叔和岳老将男子带到值班室，我三舅问他因为啥想不开，他忽然大哭起来，原来是失恋了。

岳老笑他真没出息，才二十来岁的人，失恋那不是很正常的吗？多经历几次就好了。

这年轻人不哭了，用异样的目光看着岳老，岳老说他太年轻，等再过几年真正成熟了，什么失恋啊失业啊都不叫事儿。

岳老说话挺幽默，不一会儿竟然把年轻人给逗笑了，我三舅给我三妗打电话让他们给年轻人炖条鱼，准备点饭。我带着年轻男子去鱼馆吃了饭，我俩聊得还挺好，我三舅也没让报警，年轻男子吃完就打车回家了。

2022年4月17日

星期日　晴　东北风3—4级

这两天天气好了，来黄河边烧烤野餐的人逐渐多了起来，上午我三舅让我们在大桥附近捡拾垃圾，将人们野餐后丢弃的塑料袋和矿泉水瓶子都捡拾干净。

下午，河边来了好几拨放生的人，他们带着泥鳅、乌龟等，甚至还有馒头，一袋子一袋子地扔进黄河里。

说实话，我看着很心疼，泥鳅在黄河里活不了，那馒头，给村里的孤寡老人吃多好啊，他们说是放生，实际上是浪费啊。

我不是不赞成放生，我三舅也放生，但放生的方式不一样。

记得是2008年，有人从黄河里打上来一条娃娃鱼，我三舅花五百元买下放生了。然而几天后这条鱼又被别人捞住了，三舅这次又花了一千元买下，后来送到了相关管理部门。

还有一次是大前年，国庆节刚过没几天，三舅和长根叔、二东在黄河里发现了一只落难的白天鹅，随后我三舅让我驾着快艇将这只天鹅救了上来，并给110打了电话。很快，九原区森林公安分局的民警就赶到现场，将天鹅送到了野生动物救助站。

别人曾问过三舅，那动物你管它干啥？费力不讨好的，闹不好还会惹上事儿的。每一次，三舅都会说："动物和人一样，也需要用爱心对待，更别说是国家保护动物了。"

我知道保护动物，人人有责，可是这些人这样的放生是真正的保护动物吗？我搞不明白了。

2022年4月25日

星期一　晴　北风4—5级

傍晚下班后，我刚到河边，我三舅打来电话说有个女孩在大坝下面哭呢，看样子是想不开要跳河，让我开车赶紧过去。

等我到了大坝那边，女孩已经被妗子带到车上，三舅让我去学校接外甥，他则开车和三妗带女孩去了鱼馆吃饭。

接完外甥回来，女孩已经被家人带走了。三妗和我说起女孩的情况，妗子说女孩今年才高二，早恋，被男同学给甩了，一时想不开，所以跑来想跳河。

我发现这几年因为恋爱不成而跳河的女孩真多，她们大多十六七岁，正上高中，本来学业繁重，可是却把精力和时间放在了谈恋爱上，恋爱不成，便跳河自杀。

真希望有关部门对青少年心理和青春期教育这一块多关注一些，这个女孩是命大，正好遇到了我三舅和三妗，要不然，跳了河救不上来，这么年轻，多可惜啊，让她父母该咋活呀。

2022 年 5 月 1 日

星期日　晴　北风 3—4 级

今天作家来采访救援队队员，让我讲讲至今为止印象最深的救援之事，恰好五一假期，我立刻想起了一件自己单独遇到的事情——

没错，我印象特深，那是发生在 2016 年的五一假期的事情（那时候我还没去高新区环卫部门上班呢），那天是 5 月 3 号，快中午十一点了，我正在新桥与旧桥中间的河面上开着快艇拉着一船游客游玩，不知什么原因，正在航行的快艇忽然熄火了，我很纳闷，拽拉打火绳两下也没有打着，快艇顺着水流就往东漂，我心里有些着急，但当着这一船人的面，又不能表现出来。恰好此时，两个桥中间靠近新桥河岸边十多米处有三个二十多岁的年轻人在嬉戏打闹，其中一个人不慎闪落到了水中，另外两个人赶忙跳入水中救人，然而那片水域水深，水流又急，瞬间三人就出现了险情。看到他们落水的同时，我身上的对讲机里也传来了救援队的救援命令。我马上又拉了一下快艇的打火绳，这次很神奇，快艇居然发动起来了，于是我抓紧把快艇开到落水者附近，用带钩长杆在众游客的帮助下分别把三个人救了上来。

另外还有一件事情，之所以印象深刻是因为太过悲惨了。

那是 2020 年 5 月份的一天下午，一个男子开了辆白色大众轿车，带着两个孩子，冲进了黄河里。当时我不在现场，听到消息后，匆忙赶到岸边，参与救援打捞。车辆落水的地方有四五米深，是黄河的一段直流区域，水流比较急。从下午开始一直打捞到晚上十一点多，才用吊车把落水的轿车打捞上来，移交给了刑警队。当时有外来的潜水员，费了好长时间也找不到水中的车，后来还是我三舅他们根据水面漂浮的油花确定了轿车的落水位置。轿车打捞上来时，司机座上的男子已经死亡，他的姿势是转向身后伸手去够后座上的男孩，那个男孩是他的大儿子，六岁了，也已经死了。看他的姿势猜测他是想回身把他儿子推出车外，让他获救，可惜没能成功。他的另一个小儿子四岁，落水后被快速赶到现场的我三舅、三妗及时救起，保住了性命。

这出悲剧让我很长时间平静不下来，孩子有什么过错，为什么遭此大难呢？唉……

2022 年 5 月 21 日

星期天　小雨　东南风 3—4 级

又有一件大好事，昨天我特意跟单位领导请了假，陪三舅去市里参加了一个颁奖活动，又见了世面，真的感慨良多。三舅就是我的人生榜样。

其实，这种活动，三舅曾经带我们参加过好几次呢。每次回家跟媳妇念叨，媳妇就问："为什么不拍点照、留点资料呢？"

也是的，每次是照了点相片，可时间长了，就不知去哪里了。我所知道的，救援队在资料保存这方面还真的是欠缺呢，用的时候经常找不到相关资料，你说急不急人。

这次我从网上找到了部分新闻资料，记存在日记里，算是为救援队留点资料的开始吧！

为营造崇尚榜样、学习楷模、争当先进的浓厚氛围，5月20日下午，我市在第一工人文化宫举行“文明包头因为有你”2022年先进典型颁奖礼。市领导张瑞、乌云、杨利民、王征宇、孙国铭等出席颁奖礼。

此次活动由包头市文明委主办，包头市总工会、包头广播电视台承办。活动现场邀请全国道德模范、中国好人、大国工匠、全国最美优秀志愿者、全国最美孝心少年等为包头市第四届新时代好少年、包头市2021年度十星家庭示范户、2020至2021年度包头市优秀志愿者、优秀志愿服务组织、优秀志愿服务项目、优秀志愿服务社区进行颁奖。现场还公布了包头市第十一届美德少年荣誉称号获得者名单，并邀请全国道德模范提名奖获得者、中国好人、自治区文明家庭荣誉称号获得者王金清（王三）现场分享心得。

一位参会者接受现场采访时说道：“就是在黄河边救人的那个人印象最深。他的那种舍己为人的精神深深地感动了我。我觉得我以后要向他学习，做一名新时代的好少年。”

同时呢，我还查到了其他一点资料，也一并记录在此吧。

黄河水急，考验了你的无私无畏；母亲河宽，见证了你的义薄云天！二十二年的救人生涯，一百多个鲜活的生命，是你用舍生忘死换来的无字丰碑！

这是2013年5月25日，在内蒙古电视台六百平方米演播厅隆重举行的第四届感动内蒙古人物颁奖盛典上王三的获奖词。

我现在读了这些文字都很激动，只可惜2013年我还在上学。

现在，高新区政府对我三舅很重视，他们专门在我三舅所在的社区——稀土高新区万水泉镇万泉佳苑党群服务中心三楼给我三舅和救援队开设了一个展览厅，专门展示我三舅和救援队的事迹。展览分为“道德的力量”“黄河守望者的大爱”“用担当为生命护航”几个版块来展示，展厅中间玻璃罩里放的全是奖杯、荣誉证书之类的。墙上的电视播放着有关三舅先进事迹的报道。

各个单位来展厅参观的人也很多，我们单位也组织去过，只是很多人不知道我和王三的关系。我三舅也说了没必要说。至于我在救援队做的事，单位的人好像也不知道。

总之，看见有人落水，我们去救就是了，其他的也没想那么多，反正救人已经成为习惯了。

第十一节　王强:“专治盐碱地”

2022 年 4 月 4 日，纪录电影《好人王三》开机启动仪式那天，我终于见到了这位叫王强的救援队队员，他一米七多一点的个头，身材匀称，头戴一顶长檐浅色休闲鸭舌帽。国字形脸，一双略显大的耳朵颇引人注意，不大不小的双眼周围飞刻着多条鱼尾纹，深邃的眼神中透出一种坚定的善意。一抹笑容划过古铜色的脸颊时，会露出白色的牙齿。

因时间的关系，当时在现场，我们只是打了一个招呼，让我确定了谁是王强。当时，他把身份证拿出来让我看，姓名:王成荣。

什么情况？不是叫王强吗？怎么成了王成荣了呢？

我们的交流是在之后的微信中进行的:

问:您到底是叫王强，还是叫王成荣呢？

答:这两个名字我都叫。您听我慢慢解释，我的老家在包头市土默特右旗明沙淖乡张丑营子村。我年轻的时候，不爱种地，结婚之前就去了达拉特旗树林召镇（就在画匠营子村黄河段的南岸那边），在那里找了对象成了家，至今已有三十年啦。在达拉特旗这边我叫王强（在王三黄河水上救援队里也叫这个名字），没人知道我叫王成荣；而在土默特右旗村里面大家都叫我王成荣，没人知道我叫王强。因为那时管理松懈的原因吧，我在达拉特旗也办了户，有了“王强”这个名字，现如今达拉特旗的户口已按规定注销了，不过名字却叫开了。

问：听说您以前一直在救援队，去年却离开了，什么原因呢？

答：去年我妈查出患上了重病，晚期。老太太在临走之前，反复叮嘱我不让我把我的残疾哥哥往养老院里送，怕是受制。老母亲的遗言，不能违背，我得遵听母命，不带着哥哥不行哇，我想过带他到黄河大桥这边，也不行，不方便啊。母亲去世后，我就从救援队暂时离开了，和媳妇搬回到我的户口所在地土默特右旗这边我们村里，边种地，边照顾伺候残疾哥哥。

问：能简单介绍一下您的家庭情况吗？

答：我父亲去世多年了，去年老母亲走了以后，把五十六岁的残疾哥哥留给了我。我还有两个妹妹，都成家了，在东河那边呢。我媳妇是达拉特旗树林召镇的人，我们有个姑娘，1995 年的，前年大学毕业了，在鄂尔多斯白泥井镇政府上班呢，还没成家。

问：您刚才说了您回到村里边种地，边照顾伺候残疾哥哥，那么种地是您目前的主要经济来源吗？

答：是的，农村人不种地吃啥呀。再说了，我手里有一百多亩地呢。

问：这么多地！主要都种些什么农作物？

答：一百多亩全种的是饲料玉米。其中土默特右旗这边有六十多亩，剩下的就在达拉特旗那边了。我们农民啊，就是种大田，种玉米和小麦。今天我刚把土默特右旗这边的地浇完，明天一早去达拉特旗，浇那里的几十亩地。两头跑。

问：很辛苦啊，每年就一季吗？

答：唉……没办法，种地就是累，我已经有三十多年不种地啦，忙不过来就得雇人。就是一茬。

问：几月份收？7月份还是8月份？

答：得9月份呢，玉米的生长期得四个多月呢。

问：那您收的时候呢？

答：全是机器收割，先把玉米棒子收了，然后机器收秸秆，打成草垛。玉米棒剥下玉米粒，就可以卖了。

问：您在群里的网名叫"专治盐碱地"，我比较关注，为什么起这个名字呢？

答：哦，我多年前代理过化肥，是专门在盐碱地里用的，这个化肥用上挺管用，改良土壤效果不错。各个省市的盐碱地我几乎都去看过。我们土默特右旗这边的地基本都是盐碱地，我想推广这种化肥，所以那时就起了"专治盐碱地"这个微信名，一直沿用至今。但推广工作后来却没有坚持下来。

问：为什么没有坚持下来呢？

答：这种化肥虽然土地改良效果不错，但是农民不愿用，一亩地让他多花个一二百块钱，他不乐意花，实际上就是观念的问题。没办法，后来我就把这个化肥的代理权给了我的朋友去做了。

问：您刚才说土默特右旗的土地基本都是盐碱地，那这盐碱地种玉米能行吗？

答：还行吧，但是比达拉特旗那边产量低，土默特右旗这边每亩可产一千六七百斤玉米，达拉特旗那边高，每亩有两千四五百斤呢。

问：什么原因呢？

答：简单地说，就是达拉特旗那边不是盐碱地，产量高。

问：您有什么爱好呢？比较擅长什么呢？

答：我最大的爱好就是打鱼，也可以说是我比较擅长的事情。只要没事干的时候，我就会去河边转一转。现在黄河这边打鱼的人还老给我打电话呢，他们的技术还是不行，需要指点的。等到 7 月底禁渔期过了以后，我给你们展示一下我的打鱼技术。

问：能讲一讲您是什么时候与王三认识的吗？

答：哎呀，具体时间那可想不起来了，大概应该就是 2002 年左右，王三姑娘四五岁的时候认识的。

问：认识的时候，你们俩各自在做什么？

答：我记得那时王三在黄河边卖点鱼，开了个小卖部，日子过得可可怜呢。当时黄河大桥旧桥有个堵卡中队，归属于防暴大队，我在那儿当临时工，不知怎么的我俩就认识了。后来我从防暴大队离开了，在达拉特旗又待了两年，打打鱼，零星包点小工程，乱跑嘛，但经常去王三那里。

问：您何时加入的王三黄河水上救援队？是什么原因促使你加入的？

答：王三黄河水上救援队是 2013 年 4 月份正式成立的，那个时候我就加入了，其实在这之前，我就认识了王三，也见到过他救人，很受感动。我觉得救人应该是每个人的本分，更是人生中一件最有意义的良心事情，我就从达拉特旗下来专门去找王三，说我喜欢这个救援工作，看我能参加吗。王三听了特高兴，说可以的，于是我就开始参与救援工作。事实上，在王三黄河水上救援队还没成立的时候，我和王三、王连锁、杨二官，还有那个秦风年等人就在一块儿了，属于救援队的第一拨人员。现在想来，这救援工作干了也有十几年了。

问：能讲一讲参加救援队后印象深刻的事情吗？

答：那可多了。比如 2020 年 5 月 18 日那天的事，那年是我姑娘大学毕业，我给她买了一台小车，当天我跟王三请了一天假，回达拉特旗去办理车的手续。上午没办完，准备下午再办，中午吃过饭，我在家躺着呢，不到两点钟手机微信响了，救援群里发布信息说：包头这边刚发生了一起轿车坠入黄河的事件，目前已救上来一个四岁的小男孩，估计车里面还有人呢。看完消息后，我一想这手续办不成了，抓紧回黄河大桥哇。回去的时候，是下午两点多钟，黄河边已经来了特别多的人，公安、交警等很多部门的人员，还有包头能知道名字的救援队都去了。救援开始了，各个救援队轮番上阵，像打擂台赛一样。相比较起来，人家的救援设备比我们的全，比我们的好，但随着时间的推移，他们各家都没有找到掉到河里的车。最后眼看着太阳要落山了，一位现场指挥的公安局副局长说，让王三他们上吧。

各家救援的时候，在河边待命时王三就跟我说，你抓紧去街里焊两个锚，那种老式的带三个反方向钩爪的锚。用一个，备一个，别人掌握不了尺寸，你去，焊完回来咱们有用呢。

当轮到我们上去时，王长根开着橡皮艇，我站在艇的头上，拿着那个长木头杆（当时我们救援队的人都在）先去定位，没多长时间，就确定了坠河车辆的位置。

问：定位的地方，您是如何找到的？

答：我在河边多年了，对这片黄河水特别熟悉。木头杆往下探，我就知道到底是泥还是车，手感就能感觉出来。另外，如果是车，是一种声音，是泥呢，又是另一种声音了。

问：定位花了多长时间？

答：没花多长时间，也就不到十分钟吧，大家大体都知道车落水的范围，但别的救援队就是弄不了这个，下了水以后玩不了长杆子这些东西。加上那一块又处于主河道上，水深有个将近五米，水流急（新桥底下河道中间有十米深呢）。

问：那您去焊的那个锚用上了吗？

答：用上了。就是靠它钩住了水中的车辆，救援队干了两个多小时才把车弄上来。车里有两个人，一个大人，一个小孩，真痛心啊！

问：别的救援队设备比你们的好，没有这种锚吗？

答：也许有吧，但他们首先定位就没定准，另外，在这方面没有我们有经验吧。虽然我们是土装备，但是非常实用。

问：听说 2020 年 3 月份有一起跳河自杀事件？

答：哦，对，那是 3 月底黄河开河流凌期间，一名三十多岁的女子到黄河边投河轻生的事儿。当时我和王连锁、王长根就在河边呢，观察到这个有意躲避旁人的女子有些不对劲，就盯着，突然那女子就从旧桥那里跳河了，我们迅速去救。那时正开河，是最危险的时候，我们橡皮艇都不挂机器的，因为挂机器，叶片走不了。

因为有防备，所以救援速度很快，即便这样，在冰冷刺骨的河水中救出来时，女子的脸都有些黑了，气也不喘了，我说来来来，让她趴在橡皮艇的侧船舷上，把肚子里的水挤压出去。女子吐了几口水后，我看见她的手指动了一下，我说快点往站里弄哇。弄到救援站里，因为是个女的哇，又赶快给王三媳妇打电话，叫来两个女的，烧火的烧火，脱衣服的脱衣服，折腾了一阵子，女子渐渐缓了过来。

事后得知轻生的女子，是青山区那边的，因为找对象家里没同意，所以就一时想不开。她妈来了后，哭得呀！这种事情，我们遇到的可不少！

比如，往前 2019 年 10 月份的一天，我的一个好朋友非拉着我去打鱼。那天出船后风就开始大起来，河面上刮起了近一米高的浪。我们在小白河的一个拐弯处忽然发现岸边高高的杂草地里有个人影。

我心想，这么大的风天，这里又这么僻静，有些不对劲，于是我和朋友把船开向了岸边。靠近了我才发现草丛里是个女孩。上岸后我们上前查看，惊讶地发现，小女孩的手腕鲜血直流，显然是割腕啊！我俩急忙上前控制住小女孩，简单对伤口进行了包扎。我给王三打了电话，又报了 110。不久咱们救援队就开着快艇带着公安逆流十多公里来了，先把这个女女带回救援站，最后交给了派出所。事后，听说那个女女是在学校里面跟同学发生冲突了，一时想不开来河边割了腕。后来大家就说，这个女女命大，如果不是那天我恰好去打鱼，就发现不了她。

问：您能说一下对王三这个人的印象和感觉吗？

答：咋说呢，我不太会表达。一个词吧，他心善。看到别人有困难，他就想帮助一下。这应该是他最大的一个闪光点吧。

我从认识他起，他就这样，没钱的时候是这样，有钱的时候还是这样，多少年没变。王三是个不爱张扬的人，他从不爱说我干这了干那了。每次救助孤寡老人、资助贫困大学生，都是五百一千地捐，捐了钱，他也不愿意说。好多次是我看到的，所以我知道。

我们聊过，王三说他小时候被人救过，2005 年时当他自己救起几个孩子后，他心里产生了莫大的触动，感觉救人太好了，心好像找到归宿了，找到自己想要追求的目标啦。

问：您跟王三参加过什么社会活动吗？受过什么表彰吗？

答：好像没有过，我这个人不爱好这方面，对我来说那还不如喝点小酒，在河边打打鱼呢！噢，我记得有一次跟王三去市里参观，还是什么座谈会，市长还和我们握手了呢。后来，我就再也没跟着去了，让我去我都推掉了。

问：以后有什么打算吗？

答：暂时没什么打算。以后如果我两个妹妹有一个有时间了，能照顾我哥了，那我还能回救援队待上几年。如果她们照顾不了，那就没办法了，我肯定得在农村待定了，老人的遗言不能违背啊！但是啊，我还是期望能早日回到黄河大桥，回到救援队！

第十二节 秦风年："勤快"

在2012年5月7日中央电视台《聚焦三农》栏目播出的《黄河边上的生命守望者》电视片中，我认识了秦风年。16分13秒的片子中，他共出镜了四次：

第一次、第二次涉及的事件是王秉孝横渡黄河遇险，王三快艇营救的过程。时间发生在2003年初夏，当时，刚刚新婚不久的王秉孝、赵彩霞夫妇吵了嘴，妻子出走了，丈夫找了两天才找到妻子并言归于好。为向妻子示好，从小在黄河边长大、能游泳的王秉孝提出要横渡黄河，向妻子展示他的英雄本色。于是王秉孝下水，快游到河中间时，水温变冷了，小腿也抽筋了，加之表面看似平静，但水下流速特别急的黄河水，越往中间越急，还有漩涡。体力不支、水中上下沉浮的王秉孝开始拼命大声呼救。岸上的王三见状，急忙开船去营救……

秦风年第一次出镜（时间段2分50秒至3分05秒）说道：去年不是那里四个小伙子，头一天来玩，玩得挺开心、挺宽的，第二天一来，一跳，全掉下去了，那不是让王三救起一个来嘛，那三个整个儿玩完了。

秦风年第二次出镜（时间段4分55秒至5分18秒）说道：他就是在水边玩游泳再好，也不可能下去救他去，为什么？他也怕，那危险太大，你说认识不认识，跳下去，一抱住，两人一抱全死了，谁感谢你啊，那个人是谁啊，谁也不知道，但是他就不怕，腾腾就下去了。

第三次、第四次涉及的事件是王三跳河救轻生女，反遭“耳光与威胁”的过程。时间发生在2010年7月的一天，当时，一个女子打的到黄河大桥上跳河，王三发现后迅速跟着跳入黄河将跳河的女子救了上来。但没想到，女子嫌王三救了她，反手给了王三一个耳光。尽管被打，但是王三还是努力劝说女子不要轻生。女子恼羞成怒，突然拿出了一把不大的刀子捅向王三……为防止意外发生，王三及时向当地公安机关报了警。几天过后，那个女子来到黄河边向王三赔礼道歉，表示感谢……

秦风年第三次出镜（时间段12分06秒至12分10秒）说道：挨了一巴掌，也把她拽上来了以后，这个女的说，你拽我干啥？

秦风年第四次出镜（时间段12分21秒至12分29秒）说道：这个女子说，你拽我干啥？他（王三）说我是这里的治安员，不能让你下去。

此外，多家媒体也报道过——2013年4月28日，在相关部门的大力支持下，王三和秦风年、王金锁、王连锁、杨二官、张惠东、刘雪峰几人，正式组建了王三黄河水上救援志愿服务队，这是内蒙古首个黄河水上民间救援队。

秦风年名列其中，是首批队员之一。

但我并没有见过秦风年。

秦风年不在了，他故于2019年年底。秦风年不是救人死的，是因得病死的。他是我唯一没有真正见过面的王三黄河水上救援队的队员。2019 年 9 月份我开始走近救援队采访，那时候他就已经因病回家了。

在包头市稀土高新区万水泉镇万泉佳苑党群服务中心三楼的社会主义核心价值观展厅里，我见过一张有他的救援队合影相片——他一人站在船头，应该个头不算低，瘦溜匀称的身材，戴一副眼镜，头上戴着迷彩帽，身穿迷彩服，外套一件蓝色救生衣，挥手间，一脸严肃的表情里还真显出了一股英武之气。

秦风年不在了，我唯一了解、熟悉他的途径，可能只有通过问询其他救援队队员了——

张军：不好意思，我不认识秦风年，我 2020 年加入王三黄河水上救援队的时候，他已经不在队里了，我俩还没照过面。不过我见过他的相片，听别人说这个人挺好的。

柳占军：我跟王三是发小，以前一直是在别的地方干营生，后来到共青农场的红旗砖厂，砖场停产倒闭后，我就加入到了黄河水上救援队里，这样认识的秦风年。他不是我们画匠营子村里的人，听说是东河区里哪个小企业下岗的，因爱好打鱼来到王三这里。虽然认识，但实在是跟他接触得少，没什么交往。那时秦风年在救援队里值班下夜，啥都干吧，直观印象还行，跟他喝过一两次酒，他特别爱喝，酒量也行呢。

王宇超：我当兵前就认识秦风年了，我当兵走了，他还一直在这里。平时我叫他秦叔叔。这个人挺勤俭，就是爱吃，还喝点酒。他有糖尿病，还要吃点西瓜什么的，管不住自己。我记得秦叔叔除了下夜以外，还开了一两年的快艇。

岳贵福：秦风年是东河人，区属刷子厂的工人，企业黄了。他爱在黄河里打鱼。我俩都是1966年出生的，但是他加入黄河水上救援队比我早，好像2003年以后就一直跟着王三呢，多少年了。

我俩在救援队认识之后，相处得还不错。这个人真挺好的，很友善，还特爱干活，每天就在河边这儿，夏天晚上就在岸边儿这个简易彩钢房里值班。他有快艇驾驶本，但正式在河里开快艇没多长时间，可能是因为眼睛近视的缘故，怕出事吧。有一次，他把船开到浅滩上去了，这可闹不下来了，他怕王三训他，就打电话叫我过来，我们费半天劲才把船弄回河里。

他有一个最大的毛病就是爱偷吃糖，暴饮暴食的。前些年得了糖尿病，但是他还是不忌口。

2018年下半年，他因病离开了救援队去治疗，2019年初，病情好一些，又回到救援队干了一段时间。之后继续回家休养的时候，病情没有控制住，又进一步恶化了。他是2019年12月份因糖尿病综合征并发症死在了东河的一个麻将馆里。死的时候五十三周岁。

刘雪峰：我称呼秦风年为秦大爷，这个人挺好的，我俩一起开船，也就是一年时间。偶尔见他喝点酒，也不多。如今他没了好几年了，忘得也差不多了。

张慧东：秦风年，戴个眼镜，很好的一个人，这个人爱清洁，可干净呢。他下夜值班，把这值班室周边打扫得可整洁嘞，这是一个习惯，包括他骑的电动车、摩托车呀，都擦得倍儿亮，可洁净的一个人呢。

他就是爱喝点酒，后来查出有糖尿病，就少喝了点，但他吃东西不控制，不忌口。我俩曾在一起配合着开过船，其他没有什么特别印象深的，一个普通人吧。

王强：秦风年这个人不错，人挺好。以他的年龄，走得有点早，才五十几岁的人嘛，可有病了，没办法。

王连锁：秦风年从 2002 年还是 2003 年开始，他就一直和我弟弟王三在一起，两个人处得像兄弟一样，我印象中两人从没红过脸。秦风年死后，我弟弟王三跟我讲，他唯一一次狠狠地说秦风年，是因为喊他一起去救人，可正在补网的秦风年却没听见。秦风年这人不赖，没什么坏心眼，爱干活，但就是贪吃，不节制，这一点把他害了。

王金锁：老秦（秦风年）以前爱打鱼，在河边不知怎么就认识老三（王三）了。据老秦说，下岗后，他和媳妇在东河火车站站前路那里开了个小饭馆，卖包子。后来又听说他家那里征地，拆了，买上楼房了，饭馆也不开了。

老秦与老三认识的时候，王三鱼馆还没开呢。后来我和老三合伙弄这个鱼馆的时候，他是第一个来打工的。当时鱼馆工资不高，也就两千多元（现在这里的服务员至少都三千多元）。

就这样，他在这里干了一段时间，在河边时间长，下夜值班，在鱼馆待得时间短些。在救援队里，老三走到哪儿他都跟着，他勤快，老三也爱带着他四处走，老秦也会说，能说到点儿上。

老秦呢，他年岁没有我大，比我小四五岁呢，这个人挺辛勤，有活儿闲不住，有个外号叫“勤快”。看到哪儿脏了就要扫一扫、擦一擦。他眼里有活儿，不用你分配，就去干了。

关于老秦的印象嘛，他这个人不算胖也不算瘦，爱吃爱喝，最不好的印象就在吃喝方面，暴饮暴食，爱挑肉。

后来他好像就有病了，有一次他说有点难受，躺一会儿，那天，恰好卖快艇的厂家人员过来给检修快艇，检修完，厂家人员就跟王三说：三儿，我看老秦的脸面不对，你让他赶快去看一看哇。老三当时给了老秦一千元钱让他去检查。再后来他又干了一段时间。老三说，不行你就利利索索全养好病再来干吧。反正他一回去，没过多久也就完了。

老秦有一个小子，现在应该也三十多岁了。他媳妇也在咱们鱼馆干过一年，洗盘碗的。听说，后来他病的时候，媳妇跟他离婚了。唉，这个人挺可怜的！

杨二官：风年（秦风年）哪，人善，跟王三一样。对我也挺尊重的。是个干净人，不懒，很勤快，眼睛里有活儿。只是日子过得不富裕，能看出来家庭关系也一般。他爱打鱼，也爱吃肉，尤其爱吃我炖的烩酸菜。我俩还一起上过《聚焦三农》栏目呢！只是他有病了，也不控制控制，可惜呀！

王春霞：秦风年这个人行呢，不错的。至少做营生，让每一个人都能看在眼里，做什么事情都实实在在、踏踏实实的，有模有样，不是那种油嘴滑舌的人。可惜得病了。他就是爱吃，三三（王三的昵称）老说他，也不忌口。得病后还什么都不忌，西瓜不忌，饮料也不忌，饮料一口气喝完一瓶。三三就说，你还年轻哇，小子还没成家呢，说他好几回。他小子在他活着的时候还来过，现在也不知道结婚了没有。

他媳妇也在鱼馆干过，后来媳妇不知道为啥不和他过了，再加上有病，一下子就没了。

他跟我们在一起时，看上去大大咧咧，但实际上还是小心气儿，很多话不往出说。他跟媳妇离了婚，第二年才跟我们说。那还是我们观察到他不对劲，问他，他才说的。你看他嘴牢的。

王三：我和老年（秦风年）认识是因为渔网的事，时间大约是2001 年、2002 年的时候。当时我们在新桥东面挺远那边河汊里下的渔网，没多久，得到信息说有人在动我们的网，实际上老年也是在那里下的网，当时我们还以为他偷我们的套子（渔网）呢，于是我吼了个人骑着摩托车就过去了，当面质问他，为什么起我们的套子？他说，我没有起你的套子，我也在这里下的套子。我说，你看看有没有我的套子？他提了提，说，有呢！套子上裹的净是草，后来他说，我回去给你择一择吧，我倒是懂得这呢。我说，那你拿回去吧。他拿回去把草择净了，弄好了，又给我送上来。这样我们两个人就认识了。后来他跟我叨拉他在东河一个小企业上班，如今企业黄了，没有收入来源。我说要不你就来我鱼馆帮忙吧，这样老年就开始一直跟着我了。

那时老年虽然有了开船的驾驶本，但我也不怎么让他开，因为他近视，眼睛不行，判断不出水的深浅，有时开着开着，就把船开到浅滩上去了，螺旋桨都陷入河沙里了。

说到老年的家庭，他的家庭也不行，媳妇后来也离婚改嫁了，儿子这会儿也不知道在哪儿呢。

老年跟了我以后，就在这里住着，他在救援队待得时间最长。

说到这儿我想起一件事：那是很多年以前的一天早晨，老年在鱼馆（2005 年时拆除）下夜起来，正烧锅炉呢，忽然听到有个女人在他身后说，救救我、救救我。这个女人一早跳河自杀，没淹死，水太冷她爬了上来，想寻个暖和的地方，就走到了河边的鱼馆这里。老年转身就看见一个披头散发、水淋淋的女人立在他身后，这可把老年吓坏了，可以用“魂飞魄散”一词来形容。老年稳了稳心神仔细一看，这个女人他还认识呢，就住在他们家那儿的。他马上给我打了电话，我赶紧就过来了。我到鱼馆时，老年已经把那个女人让进屋了。

秦风年不在了，他的其他故事我不知道。但在救援队队员的名单里，永远有他的名字。

第十三节　王春霞：救援队里的花木兰

我眼前的这位中年妇女，个头不高，干练的短发，身材苗条，精明中透出利落、温柔、坚毅。她就是内蒙古首支民间黄河水上救援志愿服务队王三黄河水上救援队中唯一的女队员、全国道德模范提名奖获得者王金清（王三）常挂在嘴边的“贤内助”王春霞。

王春霞，今年四十八岁，是一位普普通通的农家妇女。可当周围人们提到她的名字时，无不竖起大拇指，说她是救援队里的花木兰，极富吸引力和感染力！

一

王春霞的老家在鄂尔多斯市达拉特旗昭君坟乡西北面的一个大圐圙村。而隔着不远的黄河，对面就是“有鹿的地方”包头。曾经有一位执着的惊世女子从长安出发，跨过这里滚滚东流的河水，推开友善之门，毅然走入了漠北，留下了“昭君出塞”的千古佳话。传说，当年昭君过河时丢下一只鞋子在王春霞的家乡，又传说，昭君把她的胭脂盒也丢在这里了，不管怎样，这片土地富有故事，这里的人们刚毅善良……

1990 年，十六岁的王春霞离开家乡，过了黄河来到包头打工，后来落脚在东河区商贸大厦商圈她大老姨开的一个饭馆——张记快餐当服务员。张记快餐是卖水煎包子和酿皮的，那时已经小有名气了。

时光飞逝，转眼到了1996年，王春霞到了谈婚论嫁的年龄。一天，同在张记快餐店当服务员的一位熟识的大姐对王春霞说："我知道你还没有对象，你看总给咱们店送炭的那位小伙子怎么样？"

这时王春霞的脑海中浮现了这位大姐所说的小伙子的形象——面容和善，个头不高，身体很壮实，皮肤有些黝黑，说起话来很爱笑，一看就是个实诚的人。

大姐继续介绍道："我丈夫老党正好在他那里做营生给搬炭呢，这小伙子勤劳，心善，对我们家老党也特别照顾。听说他还在黄河边救过好多人呢。我们两口子想给你俩撮合撮合。那边呢，老党跟小伙子先说了，对方可高兴呢，这边呢，看看你的意见。"

王春霞一愣，不免有些害羞起来，实际上，一来二往的，她早就注意到了这位送炭的憨厚小伙子了。但当时她没吱声，也没有说不同意，只以为是他们在开玩笑呢。

大老姨知道了这个情况，走了过来，说道："通过这么多次的送炭，我也大体了解了这个人，这个小伙子还真不错！"

于是，王春霞开始正式地认识、接触起这个小伙子，并进一步了解到：小伙子与她都姓王，叫王金清，是包头市黄河边画匠营子村的人，兄弟姊妹七个，也是在家排行老三，大家都叫他"王三"。

就这样，两个人相识了，彼此心里都有了对方，那年，她二十二岁，他二十五岁……

不久，大老姨领着王春霞来到王三家，那时王三家就是一个小土房子，真可谓家徒四壁。王三的母亲在他十三岁的时候就没了，父亲跟着二哥居住，大哥去了石拐上班，姐姐妹妹早早出嫁了，弟弟在外上学。看完王三家后，眼光独到的大老姨坚定地对产生疑虑有些动摇的王春霞说道："人挺好，穷不怕，你们慢慢地刨闹去哇。"

当王春霞把自己和王三的事情告诉父母的时候，父母一口回绝了，家里穷得没什么东西，谁家大人不希望自己的闺女找个好一点的人家。这个时候，幸亏大老姨出面做王春霞父母的工作，最终才获得父母的同意。

工作做通了，那时都已经中午十二点多了，这才开始杀羊、炖羊肉，并且留王三住了一宿，这可是待客的最高礼节啊！

去的时候，包括王春霞姐姐、哥哥、妹妹在内的一家子人仔细相着王三。王三慌急了，心里没底儿，手心直冒汗。待到女方父母同意的时候，王三高兴得又有些不知所措。

1997年正月十八，结婚那天，满心欢喜的新郎王三天还没亮就从村里出发了，他要按习俗在中午十二点之前把大几十里外的新娘娶回来。

当娶亲的队伍临近中午回到画匠营子村里的时候，老王家大红"囍"字贴门上，一派喜庆场面。十二时许，结婚典礼正式开始。新郎王金清（王三）春风满面，他和身旁面带羞涩的新娘子王春霞站在那张贴着鲜红"囍"字的老宅前，接受惊奇好奇的左邻右舍与亲朋好友的祝福。

【对话】

我：那时候婚宴是怎么办的？

王春霞：都是在自己家办的，就是借邻居家的地方，你们家几桌，他们家几桌，就这么办的。（有条件的人家，才请人搭个帐篷什么的。）

我：结婚时，您的父母给您陪了点什么嫁妆？

王春霞：那时候哪有什么陪嫁，我妈就给我陪了一对儿皮革箱子。

我：还有其他什么东西吗？

王春霞：结婚时，我大老姨给我陪的洗衣机，我个人买的电视，这就是我们结婚时的家产。屋里摆的是从我们三小姑子（王宇超他妈）那里借的卡带式录音机，家具是二哥王连锁的。

我：结婚后住在哪里呢？

王春霞：一开始哪有房呢，住的是二哥王连锁的房子，他爷爷老院子里的西房。后来又盖了房，我们才和宇超家住隔壁，墙里墙外住。

我：结婚以后，还在张记快餐干吗？

王春霞：嗯，又干了两年。后来老跑也不行哇，村里离商贸大厦不近呢，每天坐 18 路公交车也得四十多分钟。

我：不在快餐店干了，那您去了哪里？

王春霞：直接回了画匠营子村，倔强的我就在河边卖酿皮、冷饮什么的，三三（王金清）继续四处送炭。

我：那个时候的生活怎么样？

王春霞：唉……真不知道咋过来的，可真是艰难来来。那时一到逢年过节的，还得靠我大老姨给贴补上，给买上衣服什么的。我姥姥知道我们没有什么吃的，就把那酸白菜给准备上。记得，姑娘小的时候，哪给买过什么新衣裳，都是别人给的穿过的衣裳。吃东西哪有钱买呢？（不像我儿子现在想吃啥买啥，那个时候没有钱，没条件。）我剪掉了心爱的长发，和三三起早贪黑，为家创业，就是想过上好日子。

我：您感觉从什么时候日子开始好转了，富裕起来了？

王春霞：2004 年以后，营生一年就比一年强了，之后就是在河畔子上搭建彩钢房，开了鱼馆，日子好起来了。

二

王春霞有三大手艺，可以把平平常常的食材像变戏法一样变成美味，这也可以说是他们夫妇勤劳致富的一个“必备前提”吧。

一是做酿皮。王春霞自豪地说道：“做酿皮这个手艺是在大老姨饭馆学的。你们可别觉得酿皮子不起眼，它可是咱内蒙古地区的一道特色美食。那时我做的酿皮，就在河边卖，也经常到周边乡镇去‘赶交流’（农村物资交流会）。我的酿皮名字就叫‘商贸酿皮’，两元一张，两张酿皮能切三碗。每次带去那么多酿皮，都比其他摊子早早就卖完了，很是兴奋！”

二是红腌菜。红腌菜也是内蒙古的一种特产，尤以巴彦淖尔地区的红腌菜最为出名。王春霞所做的红腌菜很独特，独特在哪里呢？就是没有咸盐。王春霞红腌菜的制作过程简易如下——在锅里放上花椒、大料、茴香，稍微放点辣椒，不放水，拿醋、酱油、冰糖来调，把洗净、切成条的芥菜放入调料水中去煮。煮完以后，把芥菜条捞出来，晒干，就成了褐红色的红腌菜。王春霞说，做红腌菜的手艺是当初在商贸大厦街里面一个姓王的老师傅教她的。这种红腌菜的特点是具有鲜香的味道，易存储，还不咸，放几年都不会坏的，食用方便。王春霞骄傲地说，如今，我们一年做多少都不够卖的，凡是来买的人都戏称把我们的红腌菜当牛肉干来吃。

三是炖鱼。新鲜的开河鱼，鱼唇丰满肥厚，口旁有两条短须，颜色鲜艳，鳞片有光泽，最主要的是没有土腥味。“葱切段，姜切片，花椒大料选整瓣，一勺番茄酱再来点豆瓣酱，齐活炝锅，放入炼好的猪油……”简单家常的调料，在大厨王春霞的手里陆续下锅后，香气顿时扑鼻。“鱼新鲜不需要太多的作料，都是咱们当地原汁原味的做法。”王春霞说。

作料炒香后，适量的水下锅，再加上一些炖鱼的老汤，熬上几分钟就可以放鱼啦。“先放鲤鱼，炖上十多分钟后再放鲇鱼，最后放红眼鱼，炖出来各是各的味。这就是开河鱼的独特之处。”王春霞边说边做。三十分钟后，一盘盘美味的开河鱼被端上餐桌，大家满怀期待地品味着这属于春天的气息。

最后，王春霞又补充道：“实际上，除了以上三种美食外，我还擅长拌馅，包包子、饺子，还有鱼馆里菜谱上的炖笨鸡、炖羊肉、烩酸菜啦，本地菜嘛，都会……”

“妻子”是一个圣洁的词语，她代表着爱情和生命、甜蜜与幸福，还代表着责任与分享、辛苦和奉献。

“家”就像是树根，永远是落叶的归宿；“家”就像是一件外套，不会提高温度，但却给予人们连火炉都不能代替的温暖；“家”就像是一瓶陈年佳酿，融进了许许多多的宽容与理解，孕育出了更多的生命内涵。

王春霞为人妻母，她不但是家庭爱的“维纳斯”，更是一棵坚贞的红柳，根植于和丈夫王三共同建立起的家。家可以不是奢华的，但一定是温馨的，不管家这片土壤是贫瘠的还是肥沃的，王春霞夫妇都要从容地从无到有、从小到大地生长。

然而，您知道吗？跳入暗流涌动的黄河中去救人，那是一件多么危险的事情啊！可是王春霞却从来没有后悔过、反对过、质疑过，因为她知道，自己的丈夫是守护黄河的“生命卫士”，是“黄河边上的生命守望者”，她只是在背后默默地支持、鼓励、照顾着丈夫，并时刻叮嘱丈夫和救援队队员们要做好防护，注意安全。

她支持丈夫义务巡堤、帮人救人的行为。黄河里救人，何其危险？王春霞却义无反顾地勇敢加入了，成为至今为止救援队里唯一的女性。

她支持丈夫淘汰掉速度慢的渔船，购买了快艇，为救人争取了宝贵的救援时间，提高了救援的效率。

她支持丈夫和一群志同道合的伙伴，成立王三黄河水上救援队，自己也加入了其中，并不断扩员，将一个人的公益事业变成了一群人的公益事业。

为了能让在黄河上巡逻救人的丈夫王三和救援队队员们吃上一口可口的热饭，王春霞当起了救援队的“后勤部长”，为他们做饭、送饭。

生活富裕了，她和丈夫资助孤寡老人、贫困大学生……她说，咱困难的时候，人家也帮助了咱，现在有点能力了，要回报社会。

为了能让丈夫专注于帮人救人的事业，王春霞主动承担起了做家务、带孩子的重任，且家里家外操持得有条不紊。

成功男人的背后一定有一个贤惠的女人的支持。她们用自己的爱心、孝心、热心和责任心，默默地为构建和谐家庭、和谐社会去奉献。她们是家中的“贤内助”，是丈夫拼搏向前的坚强后盾。这种无怨无悔的自我牺牲精神，是促使丈夫成功的重要因素之一，也是人们常说的“甘当绿叶衬红花”的精神。对于王三来说，他的“坚强后盾”就是妻子王春霞这个秀美的“贤内助”。

互敬互爱是家庭和睦的基础，是家庭幸福的源泉。王春霞和丈夫王三从结婚到现在共同牵手走过了二十多年的风风雨雨，虽然没有那种轰轰烈烈的爱情，虽然王春霞和丈夫王三各自的性格、志趣有所差异，但是他们的家庭中很少出现矛盾冲突。而且不管是在生活中还是在公益事业中，同甘共苦的夫妻俩都能够做到彼此宽容谦让、相敬如宾、恩爱有加，都能够做到互相体谅、互相帮助、互相照顾、互相支持……

这样一路走来，夫妻间培养了深厚的感情，家庭也和谐美满，同时形成了互相理解、尊重、平等、关爱的文明家风。

三

提起王春霞，她的左邻右舍、亲戚朋友甚至来鱼馆的客人无不交口称赞。

真心待人，和睦邻里，团结友善，维持好丈夫的人际关系是王春霞的处事态度。邻居们有什么事情需要帮忙的时候，王春霞都热情相助。遇事不斤斤计较，宽宏大量，维护自己和丈夫在邻里中的形象。

她对待亲戚朋友更是真诚、热心有加，只要是有困难，要求帮助的，在力所能及的情况下，她都是尽心帮助解决，而且从来都只付出，不要求回报。

现在，王春霞管理着王三鱼馆，鱼馆里大伯哥是大厨，二姑姐（雪峰的妈）是做凉菜的，服务员里有两姨弟弟的媳妇、小姑子（宇超的妈）。还有自己七十多岁的父母，真是一个家族企业。

面对这一切，王春霞不仅替丈夫王三里里外外打点，理顺关系，经营好鱼馆，而且还要优先处理好家庭内部成员之间的关系，尤其是妯娌关系。

俗话说：“亲兄弟，仇妯娌。”这是说妯娌关系非常难相处。因为，妯娌间辈分相同，年龄相仿，除了生活琐事，更多的还有利益的纷争。

然而，公婆都早已不在的王春霞却把妯娌关系处理得不是姐妹胜似姐妹——虽然她们妯娌几人，性格不同，但却友好相处，有喜共乐，有难互帮，从没有红过脸、吵过架，都能为彼此分忧着想，待对方老人似亲爹亲娘，待家庭其他同辈成员如同胞兄弟姐妹，待家庭晚辈成员如同自己的孩子，真正做到了尊老爱幼、兄弟姊妹宽容、关心儿女成长，这一切都得到了周围人的广泛认可。

【对话】

我：能简单介绍一下您的父母兄弟姊妹的情况吗？

王春霞：我大七十九岁，我妈七十四了。我大在鱼馆养羊，喂鸵鸟孔雀呢。我哥哥定居在乌海，我姐姐住在老家呢。我妹妹嫁到达拉特旗街里了。对，我还有一个亲两姨弟弟二东，我二姨的小子，南园的，就在咱们救援队呢。

我：王三鱼馆这么多人，尤其多是亲戚。请您讲一讲是如何进行管理的？

王春霞：首先最主要的是关系平等吧，没有那种，说我是个掌柜的，他们是打工的。我的想法随时积极地与他们商议，目的就是如何经营好鱼馆。我们什么事情都商议着来。其次是员工分工职责明确，尤其是人多的时候，具体分工，从剪鱼工、服务员到洗碗工等等都有。事事有人管，件件有落实，我就是那种雷厉风行的特点，什么事别拖沓。

我：某一环节出了问题怎么办？

王春霞：经常出问题，定的是谁出的问题谁负责，定的那样，但是都是一家人，注意就行了，及时改掉啊。

我：经营中有没有奖励与处罚啊？

王春霞：处罚没有，奖励倒是经常有。奖励额度也不大，多少是个心意吧。今天请他们吃个这儿，明天请他们吃个那儿。就是这么个儿。

我：鱼馆有几间屋子？

王春霞：总共有三十多间，都能接待客人。

我：一年中的淡旺季是什么时候？

王春霞：冬天是淡季，人特别少。春天是最忙的时候，旺季，尤其开河的时候，要翻台的。

我：您是王府（王三鱼馆）的大管家，内外打理得井井有条。不仅菜品口味好，而且口碑特别好，真不容易啊！经营了这么多年了，有什么心得吗？

王春霞：哎，不是什么大管家，心得嘛没有，家族企业不好管，在经营上，你就得一碗水端平。经营上难免这儿出点问题那儿出点问题，忙开了，也每天吵架呢，但吵归吵，过后就没事了。只要把事情做好就行了，大家都能理解。

我：一年中，这一大家子人聚一聚不？

王春霞：聚呢，经常聚，每年正月十五我们都召开家庭会议，全家人，包括二伯子一家、今年刚退休的大姐和小叔子（老四）一家，二十多号人呢，至少两大桌。我们能出去就在外面订个地方，出不去，就在这个鱼馆里。过端午啊八月十五的，也都在这儿聚。

我：采访过您的两个外甥，王宇超和刘雪峰，他们直夸您这位三妗呢。

王春霞：谢谢，我对这两个外甥特别关心，给自己孩子买点东西也要给他们带上一份。我从没有说我是个长辈，就对他们怎样啦怎样啦，我们都平等相待。

我：周围人、村里人对你们妯娌之间的关系怎么说？

王春霞：村里人都叨拉着说，像我和大姑姐、小姑子这么多年处得这么好的，真是少见。我对三三家的姊妹们比我对我自己的姊妹都要好。

我：家庭关系处理得这么好，尤其是妯娌关系，有什么秘诀吗？

王春霞：就是要有一颗宽容的心，不要斤斤计较。记住对方的好处，忘记对方的不好。这样一来，妯娌之间就可以相处得很好了。同时呢，每个人都有自己的生活方式，我尊重别人的生活方式，不把自己的想法强加给别人，不去干涉对方的生活。对待家人也是如此，记住“和睦善待”一词就行了。

我：周边的人有说三道四的吗？

王春霞：有哇，现在说啥的都有，嘴在人家身上，你能管得住人家说什么吗？我不管这些，心放宽，知足常乐，我就管我自己，我自己能做到做好就行了。

家和万事兴，一个和睦的家庭之所以和睦，是所有家庭成员共同努力的结果。实际上，鱼馆就是一个小社会，也是家和万事兴的一种体现。“相识是一种缘分，而能在同一屋檐下共度一生，则是上辈子修来的缘分。”王春霞经常这样说。

鱼馆开起来了，生意越做越好，王春霞家的日子也渐渐宽裕起来。可是王春霞却发现，老公王三是什么忙也帮不上，家里越忙，越见不到他的人影。

1998 年，结婚的第二年，女儿降生了，孩子生病了王三顾不上管，是王春霞自己带着去医院。2012 年儿子出生以后，依然如此……

纵使是这样，王春霞也毫无怨言。多年来，她一直用爱精心经营着家庭的一切，使王三因此腾出了全部的精力用在了助人救人事业上。

两个孩子从出生到现在，王春霞不但包揽了全部家务，还承担了对女儿儿子的培养教育的重担，努力做孩子们的好妈妈、好朋友，有时还要做好老师，教孩子们好好学习，教孩子们自立自强，学会做事、做人，全力呵护，精心照顾，为女儿儿子的健康成长营造良好的氛围。

从小到大，女儿儿子一直以爸爸为榜样，诚实、善良、正直。在日常生活中，在女儿儿子需要爸爸的时候，王春霞经常对孩子们说:“爸爸不能时常陪在我们身边，是因为爸爸要帮助救助更多的人。”“爸爸是最伟大的！爸爸爱大家，也爱我们！”“虽然我们缺少爸爸的陪伴，但是我们从来都不缺少爸爸的爱。”随着年龄的增长，孩子们对爸爸的崇敬之情越来越浓了。

付出终有成效，在王三的影响和王春霞的精心培养下，孩子们衣着朴实大方，从不大手大脚乱花钱，养成了勤俭节约的好习惯，养成了谦逊自强的良好品质。如今，酷爱体育的儿子已经上小学四年级了，篮球打得不错，任班级体育委员，学习成绩也在班级名列前茅。业已长大的女儿从当初要当一名作家、文学家，转变了选择，大学的专业是休闲体育滨海方向，并即将考研。女儿说，选择这个专业是为了帮爸爸。懂事的姑娘是把爸爸当成了榜样。她选择像爸爸一样的人生，这份责任与担当，就会如同接力棒，代代相传……

【对话】

我：您在老家念完小学，没上两年初中就去打工了，但是看您现在特别重视学习教育啊？

王春霞：唉……我们那个时候哪想着念书呢，先吃饱饭吧。现在时代不同了，孩子得念书啊，不念书哪有出路啊？没文化哪能行呢！

我：姑娘对职业的选择可以说是对你们的一个回报。你们支持她吗？

王春霞：支持哇。她是个非常懂事的孩子，我们尊重她的选择，支持她去实现自己的理想。

我：说说儿子吧，现在儿子问他爸爸的事情吗？

王春霞：也问呢。我儿子就问他爸——爸爸，你救人害怕不？他爸说，不怕哇，要是你遇到呢？儿子说，遇着我，我也敢救。有一次儿子跟他爸爸去外面饭馆吃饭，桌上有一盘菜没吃，儿子看到了一位环卫工人，就跟他爸爸说，把那道菜送给环卫爷爷吧。他爸说，能了，只要你想送你就送。

我：这就是言传身教啊！

王春霞：是呢。现在上街只要遇到讨钱的老人，我们不给，娃娃也会向我们要钱，他去给。

我：潜移默化的影响啊。现在孩子所在的学校知道他爸爸是干啥的吗？

王春霞：知道呢，校长和老师都知道。

我：您去开过家长会吗？

王春霞：去啊，一直都是我去。

我：让您介绍过救人的事情吗？

王春霞：我说了不用介绍了，没必要。举手之劳的事情。

我：向善的人值得尊重。

王春霞：谢谢！就我儿子这个班里的，连老师带家长，对我们都特别尊重呢。多会儿见面说起来，大家都说我们是他们的学习榜样。

我：从现在的状况看，姑娘在从事这个行业，儿子呢，您怎么想的？

王春霞：儿子嘛，先培养着，看情况。

我：幼小的心灵已经种下善良的种子了，早晚会长成参天大树的。

王春霞：谢谢，期待……

四

尊老爱幼是中华民族的传统美德，这在王春霞夫妇身上一览无余。除了对自己家的长辈晚辈关爱有加，对于外人，王春霞夫妇亦是如此。

自2013年被评为“感动内蒙古人物”和全国道德模范提名人物后，王三自身的荣誉感和责任感也逐步增强了，他觉得应该尽自己所能，帮助更多需要帮助的人。于是，王三就和妻子王春霞一起去看望和帮助像赵文龙、小梁蓉一样的美德少年家庭，像全国道德模范朱清章和中国好人陈文学一样的困难家庭。特别是在朱清章老母亲生病期间，他们夫妇多次去探望，还送去了好几千元的慰问金，在经济上和精神上给予他们帮助。

王春霞和丈夫王三的行为如春风一样，感染着大家，打动着周边人的心灵。

赵文龙出生于2000年6月，他八岁时母亲被查出患有尿毒症，2010年父母离婚，他被判给了有经济能力的父亲，他却主动回到母亲身边，从不会做饭到完全熟练烹饪各种母亲可以吃的菜，熟练掌握各种家务活，身体力行地照顾母亲，和母亲相依为命。赵文龙在2013年获得“全国最美孝心少年”荣誉称号，之后相继获得了“全国优秀共青团员”“全国向上向善好青年”“全国最美中学生”“内蒙古美德少年”“内蒙古道德模范提名奖”“内蒙古桃李之星”“包头市美德少年”“包头市道德模范”等荣誉。

2013年的11月22日，在包钢第八中学“向2013全国‘最美孝心少年’赵文龙学习及献爱心活动现场会”，被誉为“生命的守护者”的王三与“最美孝心少年”赵文龙结对，王三要资助赵文龙直到大学毕业。

谈到资助赵文龙，王春霞说：“我们家现在有能力去帮助别人，为什么不帮？看了新闻，我们被龙龙的孝心打动，这个娃娃很不容易，得帮，我俩一商量就定下来了。”

那天，包头市昆区文明办、昆区教育局联合举办的这场活动，得到了来自社会各界的爱心人士的支持，他们纷纷慷慨解囊，帮助这位最美孝心少年渡过难关。

五

王三黄河水上救援队队员岳贵福曾经说过：“有个女的方便。你说，我们大老爷们能给那些救上来的女人换衣服吗？不能吧！”

岳贵福说的是实话，也是救援队救人后遇到的一个现实问题。怎么解决呢？这时就需要王春霞发挥作用了。

于是，救援队一旦有救上来的女性落水者，王春霞无论有多忙，都会第一时间赶到落水者身边，如果碰巧她不在，她也会及时调派鱼馆的女员工赶过去。

【对话】

我：您第一次参与救人是什么时候？

王春霞：在结婚后不久，应该是 1997 年 3 月份的一个半下午的时候，黄风刮得来来。那时刚开河，冰都酥了，还没开始流凌呢。我们正在河边，猛地听到有人吼了声“有人跳河了”。跳河的地点是在旧桥桥洞子那边稍微往西一点的小树林边上，我们看到的时候，人已经开始在河里漂了。王三见状就想往下跳呢，众人说，太远不能，这时候是黄河水最危险的时候，水里有流凌，极容易受伤没命。于是大家就赶紧跳上旧船，拿长杆，总算钩到了落水者，把她救了上来，跳河的是个师范学院的女大学生。

女孩被救上来后，三三我们几个给她实施了急救（我学过这方面的知识），待女孩清醒后，大家还拢了柴草点着给她烤的火，那时候哪有什么房子呢，就在河边那草滩里，我给那个跳河的女孩换的衣裳，三三给派出所打的电话。派出所拉走女孩的时候还叮嘱女孩说，你一定要记住救你的人，男的叫甚，女的叫什么，完后来感谢一下人家，如果不是人家救你，你早没命啦。

如果您认为王春霞在救援队里只做这些简单的工作，那您就错了。实际上，她更大的作用是心理安抚。这是旁人不可替代的。

王春霞说："我的角色比较特殊，我就负责开导，就是心理咨询师。"

这是什么意思呢？意思就是王春霞对受救的轻生者进行心理疏导工作（有时候是边给他们烧水做饭，边进行），她耐心地与他们交谈，疏解他们的忧愁和烦恼，引导他们放下轻生的念头。

【对话】

我：您是从哪些方面、用什么方式来劝导轻生者的？

王春霞：我呢，也没什么特殊方法，就是像唠家常那样叨拉，现在社会这么好，你有什么想不开的？你要万一走了这一步，你家里上有老下有小，你说他们咋办呀？就这么开导，也没个甚。如果他想说，你就先让他说。有时候，有的人想哭，你就让他哭一会儿，耐心等待他情绪平复之后，再继续倾听、叨拉，这样多数会消除他们的抵触情绪。

我：您的出现啊，在那种困境下，轻生者也许醒悟了，此时女的要比男的好说一些，好接受一些。

王春霞：是的，就是这样。就像刚才上面提到过的那个跳河被救上来的小女孩，男的过去，她直喊滚开滚开，谁也不让靠近身边，我过去了，才跟她叨拉上。待女孩儿情绪稳定后，我还从她的兜兜里把身份证、学生证给拿出来，还有一把裁纸刀、一封遗书。女孩失恋了，老家在可远可远的地方，东北那一带的。小女孩这件事上，我做心理疏导工作有四十多分钟。

我：哦，不容易啊！

王春霞：上个月（2022 年 5 月中旬）还发生了一件事情，有一天早上八九点钟的样子，一个四十岁左右的女的，坐在河畔子上的大马路上哭，咱们救援队的人感觉不对劲，上前劝了劝，当时那个女的就走了。但我总觉得她没真走，于是我开上车去寻，结果那女的在景观道那头。我停下车走到她身旁，说路上这么多过往的人、锻炼的人看着呢，都看你笑话了。如果再遇上个不顶对的人再把你给骗了、害了的。我说我是谁谁谁，你跟上我走，跟我回鱼馆，我家那儿，我又不是害你呀。那个女的听我说了，不哭了，跟我上了车，回到了鱼馆院子里。我俩叨拉了半天，原来她是跟自己男人吵架了，想不开，就想轻生呢。后来她平复下来，我们加了微信，我留她吃饭，她不吃打车走了，说哪天来感谢我呢。

实际上，每次遇到这种情况，叨拉叨拉、开导开导，基本上他们都会听的。还有一年，那是姑娘大学二年级暑假的时候，有个四十来岁的女的要跳河。那女的先把金银首饰都摘了下来，不要了。闻讯后，我们姑娘先过去了，进行开导，两个人唠着唠着就顺着河边绕开走了起来。没多久，姑娘就把那个女人女儿的电话要上了，后来通知她女儿来带回去的。

我：姑娘也立了功啊！

王春霞：耳濡目染、言传身教的缘故吧。

我：在救援方面，还有没有印象深刻的事情？

王春霞：嗯……我觉得应该就是 2020 年 5 月 18 号下午两点多发生的父子开车坠河的那件事情了。那天正好你在场，我在微信里也和你简单聊过。当时你们正在鱼馆吃饭，我也在鱼馆里忙着呢，忽然三三打来电话，让我到彩钢房赶快把毛蛋（儿子的小名）接回来。我一听他话语的口气就不对，赶紧扔下营生开上车就往河边走。到那儿一看，满河畔就娃娃一个人在那里呢，可怜的。三三他们都去忙着救人了，就把我儿子一个人给扔下了。我接上儿子就继续往车坠河的地方开，路上三三又来电话说刚救上来一个小男孩。

当我到达救援现场，接过刚被救上来的那个孩子时，这娃娃不停地哭，哭着哭着就没气了，身子软得像一团棉花，可是怕人了。我赶紧又抢救，没一会儿，孩子喘过气来，接着哭，后来尿开了，尿我身上一大片。为了节省时间，我们开车就往东河二医院走，交警二中队的车在前面一路开道。我们开到高新区万泉佳苑时，120 的车也到了那里，上了 120，一路上我抱着孩子，到了医院，他们男大夫看到了，就急忙说，还是我们男人抱着哇，男人有劲，跑得快。整个过程中都不用排队，全部绿色通道。医院里的人开始以为我是家属呢，后来知道不是，他们都说你这太伟大了。

在医院检查，孩子的各项指标都没问题。后来孩子的亲人来了，谁也哄不住孩子，哭着闹着就找我，就抱我。我在医院问他咋回事，孩子说，是他爸爸把他拉上的，他爸爸不要他了，把他扔河里了。他都记得呢。孩子六岁的哥哥没救上来，死了。真是太惨了！

后来这孩子的爷爷奶奶来过，说已经搬家了。在原来的地方住，那娃娃就把住床头吼着“爸爸”“爸爸”，孩子这是受刺激了。

娃娃要是能忘记这件事，没有阴影就好了，但愿他忘了吧，这样最好。

我：是啊，这么悲惨的事件真希望孩子能忘记。可是，当时您去河边是去接儿子的，可后来您又把儿子丢在了那儿。

王春霞：唉……可怜我儿子。说起这事儿确实愧对儿子。当时我在救援现场光顾照看救上来的孩子了，没顾得上管他哇。我儿子也不哭，就一个人在那里孤零零站着呢。但是，没办法，救人要紧呀！

六

我：从您结婚后参与救人开始，你们一家搭进去不少东西吧？

王春霞：唉……可多啦，不仅仅是搭时间，还有衣服、被褥、钱、吃的。

我：有没有统计过呢？

王春霞：没有，从来没算过。管它呢，算它干啥呢？帮人救人图个良心，再说了别人也帮助过咱。

我：王三和救援队头一次被媒体采访是什么时候？您有没有什么印象？

王春霞：应该是 2008 年吧，江苏卫视主持人华少来的时候，当时他们在做一个什么《美食行天下》的栏目，他们是听了别人的推荐来了王三鱼馆。在到鱼馆之前，华少他们正好在河畔上遇到二哥和三三救人，当时也问了一些救人的情况。到了鱼馆后，华少跟我闲聊，问了黄河鱼怎么炖呀之类的，后来就说到我就是河边救人的那个人的家属，也问了些救人的事情，印象中这是第一次。这之后媒体就经常来了。

我：还记得王三第一次参加市里的评比是什么时候吗？

王春霞：应该也就是 2008 年，那年感动包头鹿城人物报道过，就是娃娃鱼那次和救人事情一起报道的。那是第一次评比，结果没被评上。那以后再没有评过，直到 2012 年一个包头的记者发现了王三的事迹报道了，这样市里面才知道，于是就派了一个记者宋阿男来暗访，因为要评先进事迹，来这里核实一下真假。之后市里专门开了一个座谈会，这是三三第一次正式参加市里的活动，一下子还真的给评上了，这就开始喽，2012 年一年，各大媒体几乎天天来，道德模范、感动人物、五四十大青年等等荣誉，一年基本全部评上了。

我：您应该很激动也很自豪吧？这实际上也是社会对三三及你

们救援队的认可。

王春霞：当然激动呐哇，也自豪呐哇。社会认可了，那种心情，说不出的……

我：我这里插个话，进门前，清晰地听到您跟客人提到的至今令您难以忘怀的两大“礼物”，谁送的“礼物”呢？在这里能跟我们讲一讲吗？

王春霞：哈哈……你们不问，过一会儿我也会讲的。既然在这里提了，那我就讲讲，跟我们家三三过日子，我知道他不是个浪漫的人，但这两件“礼物”可以算是浪漫温馨而厚实的“大礼”，是三三正式送给我的，让我感动得不知道该用什么语言来准确形容了。

第一件“大礼”呢，是一枚戒指。这还是我俩刚结婚的事情，在一次“赶交流”后，他背着我给我买的，大小、款式、颜色，都适合，我特喜欢。要知道那时我们一穷二白，啥也没有，仅顾得上这张嘴了，还哪儿去想戒指呢。说起来怕你们笑话，这戒指才两块钱，但我知道那是三三的真心，也是我们开始生活打拼的一个见证。所以我至今用红布包着，珍藏在我的柜子里（虽然后来生活好了，买了真的戒指了，但第一个永远忘不了）。

我：第二件“大礼”呢？

王春霞：第二件“大礼”就是三三获得全国道德模范提名奖，在人民大会堂被总书记接见的事情。当三三打回来电话，说当天《新闻联播》要演呢，一听说这个消息，全家人兴奋极了。当时鱼馆里还有顾客要菜呢，我说你们等等要菜啊。顾客们就问，你们这是做甚呢，等等要菜？我们说，我们家掌柜的被总书记接见了，一会儿《新闻联播》马上就要演了。他们一听，也不吃饭了，跟我们攒在一起，就看电视。当看到他时，别说他流泪了，咱们看的人都流泪了。哎呀，真的激动呢。印象最深的，一个顾客说了，这可是跟国家最高领导人握了手啊，这可难啊，这辈子值喽了。这就像老话说了，这是老王家祖坟上冒青烟了，你们老王家不知道积下甚德了……

全家人那个高兴啊，说实话，之后好几天那种高兴劲儿都过不去。这可是全内蒙古、全包头唯一获此殊荣的人哇。那心情绝对是好，替他自豪，绝对的自豪。

我：我们听了也高兴，也自豪！一件是生活起步时的“大礼”，一件是生活中得到社会认可的“大礼”。如今，王三取得了这么多的荣誉，这“军功章”里有他的一半功劳，也有您的一半功劳啊！再次表达我们的敬意！

王春霞：谢谢！都是他的功劳，都是他的功劳……

我：您经常跟王三去参加各级表彰会接受采访吗？

王春霞：不常去，我不太热衷这个，再说了，还有孩子需要照顾呐哇。

我：王三获得这么多荣誉之后，听说也有不同的声音？

王春霞：是呢。说啥的都有，有说好的，有说赖的。一开始还跟那些人强呢，后来一想，嘴长在人家身上，咱也管不住，说就说个哇，咱们自己知道就行了呗，做到就行了，管他呢。再者，咱们干这些事情根本就不是为了图个啥。那些不同的声音你不去理它，慢慢地也就少了、没了。

我：这些年你们的经历和辛苦付出，现在回想起来，您觉得值吗？

王春霞：就冲着这两件“大礼”，我觉得太值了！

七

我重新捡起一个话题问道：“还是再从救人这一块说起吧，都知道救人危险，那您每天不担心王三吗？”

王春霞不无焦虑地答道：“哪能不担心啊，因为救人，三三受过可多伤呢。只要一变天，他的腿、膝盖就有反应。还好三三从小在水边长大，水性好。”

“做个对比，您感觉跳河轻生的人是现在多呢，还是以前多呢？”我问。

王春霞思索一番答道：“我感觉以前的多。这几年，三三和救援队他们在河边宣传得多了，也更专业了。只要看到不对劲的人，盯得更紧了。就在新桥旧桥这一片区域，事故已经没有以前那么多了。”

我继续问道：“从参与救人开始到现在，您觉得遇到的轻生者中年轻的多还是年老的多？”

王春霞答道：“哎呀，这两年年轻的多。三四十岁的，不知是甚原因，或许是压力大吧。实际上有些事忍一忍也就过去了，就是那一下，一念之差呀。”

我点了点头接着问道：“您和王三搭上时间、金钱与物品，有时还要忍着病痛冒着危险去救人，虽说现在社会上给了你们一些荣誉回报，但我感觉并不太成正比。您觉得亏吗？”

王春霞不太好意思地答道：“唉，怎么说呢？也不觉得吃亏，我们就是真心做了点好事，行善积德吧。你看，现在我们要办点甚事，合法的，不用着急、没什么阻力就办了。再拿那鱼馆来说吧，来这儿吃饭的有我们救过的，也有慕名而来的，这就是一种口碑，不用我们专门去宣传。很多客人就说了，先不论鱼馆饭菜口味好与坏，我们支持好人一下呗，别的忙咱也帮不上，我们去哪里也是花钱，还不如就把钱花在王三鱼馆呢。我想，这也是大家表达认可和敬意的方式吧。冲这一点，我也觉得不亏。”

我接着问：“现在出门，您是不是觉得你们不认识人家，人家却认识你们？”

王春霞点头激动地说：“对对对，真是这样，他们就问，您不是那个谁谁谁吗？”

“人家问您，您是啥感觉？”我笑问。

“反正挺骄傲的，但又觉得有些不好意思，就是做了举手之劳的事情。”

“但恰恰是举手之劳的事情，把小事做成了大事，能前后坚持那么多年，多不容易啊！试问，有什么能比救人生命更积德、更伟大的呢？”

王春霞自豪而肯定地答：“是的，没啥东西能比生命更重要。”

我感叹道：“我感觉，您真的像人们说的，用自身的‘霞光’在吸引着他人，感染着他人。”

王春霞答道："哎，过奖了，可不能这么说，咱只是个普通人。"

"帮人救人这项事业，您和王三会一直干下去吗？"

"会的，会一直干下去呀。只要国家允许，就一直干下去。"

"能对自己现在的生活做个评判吗？"我问。

王春霞笑了："我感觉现在的生活很幸福，也很知足。"

"展望未来，您有什么愿望吗？"

王春霞想了想，说："我最大的愿望，就是女儿学业有成，儿子快快长大，三三平平安安。"

第三章　道德的力量

在包头市稀土高新区万水泉镇万泉佳苑党群服务中心三楼的社会主义核心价值观展厅里，“道德的力量”几个大字尤为醒目。

展厅里，展示的是王三参加活动及救援的照片及这些年获得的荣誉证书。

走进展厅，像是打开一部大书，书里记录了王三这三十年如一日救人的历程。

首页，是习近平总书记和王三握手时的照片。照片上面是“全国见义勇为道德模范提名奖获得者，黄河义士王金清”两行大字。

看到这张照片，王三依然心潮澎湃：“我救人没想那么多，这三十年来，守卫黄河，守望生命，义务救人，已经成了习惯，如果我哪天不去黄河边，就觉得像少了点什么，与其说我守在黄河边救人，不如说黄河是我精神的寄托。”

“万水泉”是一个富有诗意的名字，之前这里被称作乱水泉，因为这里弯道多、水多，后来，人们将“乱”字改成了“万”字，同样是多的意思，意境却大不相同了。

亘古长流的黄河水缓缓东流，滋养了万水泉的百姓，当年，为支援包钢等重点企业建设，响应“上山下乡”的运动号召，来自全国各地的一批又一批的知识青年和兵团战士，怀揣坚定的意志会聚万水泉，将他们宝贵的青春和满腔的热血挥洒在万水泉这片富饶的土地上。

万水泉五十年来的发展翻天覆地，不变的是这片土地上的人们高贵的人格。

王三说，他只是救援队中的一员，队员们隐去了自己的名字，被称为王三救援队队员，他也忘记了“王金清”这个名字，习惯了别人叫他王三。王三只是一个代号，村里还有更多的王三，社会上也有更多的王三，他们做的事情都是一样的，传递正能量，为创建文明城市奉献自己的一份力量。

如果说在黄河边救人是王三的天职的话，那么在日常生活中尽可能地帮助他人，回报社会，就是王三最大的愿望。

王三从小因为家里穷，母亲死得早，他冬天连鞋子也穿不上，全村人的救济金都给了王三家，就连他家的房子也都是村民帮忙一起给盖起来的。王三长大后就一直想着要回报社会，村里谁家有困难他都会帮忙，有些人来到鱼馆打工他也会收留，他和包头市孝心少年结成对子，只要市里有公益活动找他，他都会参加，主动捐钱捐物。

三十多年的坚持，王三得到了很多荣誉，他先后获得“自治区道德模范”“感动内蒙古人物”等殊荣。

2012 年，荣获“中国好人”荣誉，登上“中国好人榜”。

2013 年荣获“全国道德模范”提名奖，得到习近平总书记等中央领导同志的接见。

“三十载斗转星移，一部望远镜、一艘小皮艇、五公里长的黄河堤坝，这位忠义农民不言不语，执着坚守，用行动感染、影响了身边的每一个人。”这是王三荣获“中国道德模范”提名奖，组委会授予他的颁奖词。

2013 年 9 月 26 日，是王三终生难忘的日子。那天下午，王三在人民大会堂见到了出席第四届全国道德模范表彰大会的习近平总书记，总书记在会上强调，道德模范是社会道德建设的重要旗帜，要深入开展学习宣传道德模范活动，弘扬真善美，传播正能量，激励人民群众崇德向善、见贤思齐，鼓励全社会积善成德、明德惟馨，为实现中华民族伟大复兴的中国梦凝聚起强大的精神力量和有力的道德支撑。

“精神的力量是无穷的，道德的力量也是无穷的。中华文明源远流长，蕴育了中华民族的宝贵精神品格，培育了中国人民的崇高价值追求。自强不息、厚德载物的思想，支撑着中华民族生生不息、薪火相传，今天依然是我们推进改革开放和社会主义现代化建设的强大精神力量。”

王三至今还记得当时习近平总书记握着他的手，对他说的那句话：“不容易，继续发扬。”

伟大时代呼唤伟大精神，崇高事业需要榜样引领，总书记的话给了王三无限的力量。当年，在政府的支持下，王三成立了王三黄河水上救援志愿服务队。

2016 年，王三黄河水上救援志愿服务队荣登中国好人榜，央视《聚焦三农》栏目对他见义勇为的感人事迹进行了专访，好人王三的名字在包头也开始家喻户晓。

王三自成立救援队以来，队员已经由之前的七人增至现在的十三人。在王三的影响下，越来越多的渔民加入了救人的队伍，他们不是救援队队员，但是他们只要看到有人落水，便会马上通知王三，和王三一起救人。

这个常年守护在黄河边的英雄的汉子，却不喜欢别人叫他英雄，他常说："我不是英雄，我只是一个普通的渔民，我从小生长在黄河边，是这里的父老乡亲养育了我。如果没有他们，可能小时候我就饿死了。""我常常想起我的母亲，当年我的母亲也是抑郁症自杀身亡。我知道失去亲人的那种痛苦。人的生命只有一次，挽救一条生命，就是挽救一个家庭，大道理我不会讲，我只知道我这辈子就守在黄河边做救人这么一件事，就值了，我想母亲若在天有灵，她也会为我感到欣慰的。"

王三甚至不会说普通话，直到现在，他只学会了一句普通话："为了您和家人的安全，请尽快离开冰面。"就是这句话，王三一说就是三十年。

王三只是一个平凡的农民，但正是这平凡人的社会担当，值得这个社会和时代为其讴歌。王三黄河水上救援队是社会的良知，是真的勇士，是担当的旗帜，他们用自己的无私奉献精神成为黄河上的生命之舟，他们用担当护航，用自己的生命守望生命，谱写着一曲曲黄河儿女的英雄赞歌。

面对滔滔的河水，生命是脆弱的。但在黄河岸边，有这样一支游走的队伍，他们为守护生命泛舟、护航。

寒来暑往，年过五旬的王三依然坚守在黄河岸边，三十多年来，他用善良和勇敢在黄河岸边筑起一道生命的堤坝。

大河浩荡，生生不息，人的生命在历史的长河中只是短暂的一瞬，王三却用自己的坚守让生命变得广阔和厚重。

关于王三的故事说也说不完，王三,一个人影响了一群人，一群人影响了整个社会。这个朴实的农民，用生命守望生命，他叫王三，救援队队员说，他们都叫好人王三。

图书在版编目（CIP）数据

黄河好人 / 水孩儿著 . -- 北京：作家出版社，2025. 1. -- ISBN 978-7-5212-3100-7

Ⅰ. I25

中国国家版本馆 CIP 数据核字第 2024M3Q242 号

黄河好人

作　　者：水孩儿
责任编辑：丁文梅　朱莲莲
封面设计：贾　莹
出版发行：作家出版社有限公司
社　　址：北京农展馆南里 10 号　　**邮　　编**：100125
电话传真：86-10-65067186（发行中心）
86-10-65004079（总编室）
E-mail:zuojia @ zuojia.net.cn
http://www.zuojiachubanshe.com
印　　刷：河北星强印刷有限公司
成品尺寸：155 × 220
字　　数：155 千
印　　张：14.5
版　　次：2025 年 1 月第 1 版
印　　次：2025 年 1 月第 1 次印刷
ISBN 978-7-5212-3100-7
定　　价：85.00 元
